柒 人 诗

A Collection of Poetry
Written by Seven Poets

王学芯 沈苇 李南 周庆荣
哑石 梁晓明 龚学敏
著

四川人民出版社

图书在版编目（CIP）数据

柒人诗/龚学敏等著. —成都 四川人民出版社，
2022.3

ISBN 978－7－220－12472－3

Ⅰ.①柒… Ⅱ.①龚… Ⅲ.①诗集－中国－当代
Ⅳ.①I227

中国版本图书馆 CIP 数据核字（2021）第 280476 号

QIRENSHI

柒人诗

王学芯 沈 苇 李 南 周庆荣
哑 石 梁晓明 龚学敏 著

出 品 人	黄立新
责任编辑	唐 婧
封面设计	李其飞
内文设计	张迪茗
责任校对	吴 玥 林 泉
责任印制	祝 健

出版发行	四川人民出版社（成都槐树街 2 号）
网 址	http://www.scpph.com
E-mail	scrmcbs@sina.com
新浪微博	@四川人民出版社
微信公众号	四川人民出版社
发行部业务电话	(028) 86259624 86259453
防盗版举报电话	(028) 86259624
照 排	四川胜翔数码印务设计有限公司
印 刷	成都国图广告印务有限公司
成品尺寸	143mm×210mm
印 张	8.75
字 数	204 千
版 次	2022 年 3 月第 1 版
印 次	2022 年 3 月第 1 次印刷
书 号	ISBN 978－7－220－12472－3
定 价	55.00 元

目录
Contents

王学芯的诗

王学芯 生在北京，长在无锡。中国作家协会会员。参加《诗刊》社第十届青春诗会，获《萌芽》《十月》《诗歌月刊》《中国作家》《扬子江诗刊》《诗选刊》《现代青年》等年度、双年度诗人奖，获《作家》第三届诗歌奖，获名人堂 2019 年"十大诗人"奖，获江苏省紫金山文学奖，获第五届中国长诗奖，《空镜子》获中国诗歌网十佳诗集奖。部分诗歌译介国外。出版《双唇》《偶然的美丽》《尘缘》《可以失去的虚光》《迁变》《老人院》等 12 部。

诗　观

王学芯

　　写诗久了，就慢慢透入了悟性，就越来越觉得深度写作的重要性，也就是说只有达到"深度"写作的人，才有独立存在的可能。

　　深度是要有内涵，触及诗歌本质，这是每个诗者的最高追求。深度相对于浮浅，也不同于晦涩。浮浅是对诗歌要求不高的写作，晦涩是种刻意，此类写作通常不会创造出新的文本、新的价值，且容易复制。进入互联网时代，诗者写诗，发表容易了，碎片化了，沉浸于此，趋向热闹，自我陶醉，这终将会被网络淹没。

　　一首诗或一本诗集的价值和意义，应是一种专注和职业精神结合的成果，是个人对诗歌理解及实践达到阶段性极限的表现，这种努力能够创造文本、创造价值，而且难以复制。

　　一个诗者的写作自由度和空间探索，在于艺术品质、个人内心的姿势，在于对社会和平民生活的关注。在这个过程中，诗者最最需要的是回到自己正常的写作上来，让诗安静地出现透悟，出现在属于自己语言的特质中，这实际就是深度。

　　在深度写作中，一般只有三种人无法被人取代。一是具有风格的，二是风格中有变化的，三是真正的诗歌天才。

不管诗歌如何表达，诗终究就是美学。这种审美趋向不会改变。诗者对神经学的感官器官、对心理学的心流经历、对哲学的透彻联结状态，取决于对诗歌本质的看法，取决于对诗歌语言的态度，这是能否进入深度写作的关键。诗是一种气度与格局、感性与理性、当代与传统、日常生活与一个侧面或多种侧面的结合体。这种结合涉及一首诗能否真正站立起来的本质问题，在我的写作中，我一直在尝试把这种结合融入画面的现场感中去，通过各种手法、体验性语言来表现人们熟悉的"现场感"，觉得这是一种有益的探索，并以此完成自己转化存在的目的。

"现场感"或许能解决读懂与读不懂的问题。

诗的深度写作除了灵感式的偶然性的表达外，实际主题化的系统写作尤为重要。进入二十一世纪以来，社会环境和人性起了非常大的变化，发展与困惑并存，这就需要每个诗者必须要以更敏锐的观察力和洞察力来面对、来判断，而在这样复杂态势面前靠一首或几首诗就显得单薄了，它需要诗者以更广阔的视野更多从日常生活的一面或多个侧面去集中表现，进而进入自己内心的终结，留下一个时代的缩影。如果这样去思考社会、思考人生和环境（不仅仅是环境），以及生死等许多问题，也许可以真正成为一个诗者。

一个诗者要建立自己独特的深度诗学是极其困难的，这是因为深度的个人诗学建构和它的基本内涵是衡量一个诗者的独特性和他的诗歌史意义的重要标志。因此，一个诗者只有通过冥想、沉淀之后，说出别人没有说出或无法说出的东西，只有当它超越了简洁文字所承载的意义时，诗性才会体现，写作基调才会确立主体姿态，诗学才有可能建立。

不断突破自己，才能在独立的深度写作中向光而行。

收藏农具

我收集蓑衣　斗笠　木犁

收集竹篾器具和辘轳放在

心灵内部展示

告诉自己

一个由桑树和稻田组成的郊外

仅存这些了

城市抬抬眼皮

田野上的植物垂下了头

视觉里的风　吹散

嗅觉和听觉

以及所有一切灵敏的禽鸣

这些漂浮而来的东西

陈列在我高高的肋骨架上

线条有些暗淡　形状显得模糊

枝藤和编织

如同一大堆晒干的故事
又被潮湿侵蚀·

更为凝滞的空气
沉默感染到了一种压迫
照射在这些东西上的光亮
如同穿过凌晨的寒冷阳光

一乡之望

黑青色的屋顶形成一片
低矮墙面　在梦游般的天空下
一乡在烟雾中波动

这是内心成熟的季节
草粘在鞋上　麻雀在草垛里筑巢
每扇会说话的门
在眼前晃动许多三伯三婶
从后厨的灶头出来
麦饼变成诱饵变成一盏盏
举起的灯
照亮了脚边的田埂

猫习惯性地衔着麦秸玩耍
嗅探人的脚步间隙中
狡黠地欣赏自己的机警举止

房子和猫的亲密时光
被城市的旋律变成一种慷慨
田野没了　猫也不见了
低矮的天空下
楼顶上挂着一轮孤单的太阳

走在狭长的桑林里

在狭长的桑林行走　桑葚
像是哭出黑颜色的一只眼睛
在砍伐下来的树干和桑叶之间

这些村庄四周的植物
颓破而泣而残留在土壤里的根
在最后的光阴里踌躇

蚕和城市如同分裂的细胞
在心灵的土地上
切断了联系

彼此窒息　桑葚的色泽
仿佛在区分着两种分量
重的是黑暗轻的是光亮

江南到了尽头

蚕茧的品质
被掉落的残枝乱叶屠灭

回乡小记

点上一盏灯
灯光把我肋骨以下的黑色影子
贴在花花搭搭的墙上

风的舌头舔动旮旯的苔藓
稻草咀嚼过的绳子
像反刍的食物
发黑的碎屑一地
遮住房子的光

如在一座古井的底部
湮没在深渊的沉寂之中

墙角的蟋蟀唧唧鸣响
仿佛从遥远的另一端传来
像条细细的弧线
套着我的脖子

感到空气中有个收紧的旋涡

灯光飘飘忽忽
影子被墙轻轻地扶起
又重重地摔到地上

老乡的音讯

音讯惊骇
当一个老乡的生命从他自己的口中逃走
我像在一座孤悬的山上

四周峭壁嶙峋
窒息的空气
形成了一片晕眩的静默

仿佛低沉的曲调在从田埂上飘来
大号小号如同冰冷的火焰
穿透了白昼的黑暗

一朵锡箔
变成一瓣雪花一缕烟雾
垂落下神情恍惚的浓浓哀思

我像冻僵在强烈的烈日之下

失去了内心和
眼睛最深处的语言

觉得自己的舌头
僵止地贴着上腭
呼喊急煞　发不出一点声音

迁 变

栖居的寓所

住宅小区填满一片田野

窗玻璃上的光魅惑　相互呼应

楼房的有力踝骨

伸入钢筋水泥的地心

无辜的沉闷　唇髭长出荒草

脑子里的沃土翻动不停

使阳台与遥远的篱墙

交融一起

盆栽中的一撮泥土和含意

掠过城市的窗台

花卉倒挂苍穹　猫的

有簇影子　扑动灌木深处的叶子

传到心里的呻吟

碰到一口深深的呼吸

目光与熟稔的距离　间隔

一层玻璃　安静和辉煌的孤寂

在干净的房间里生长

晨曦或夜色

时间穿着袜子

无声而又轻盈

喉咙里的方言

当方言碰到喉咙
移到嘴唇　道地说出土语
这一刻我仿佛是湿泥里钻出的树木
从空旷的田地里　接近
降临的天空

方言像熟透的谷穗沾着露珠
通向芳草萋萋的田埂　自在的感觉
种子在舌面上生长

柔婉成为源泉
让我联想到的东西　蜘蛛毛毛虫和青蛙
动静变得更加亲切

而脸色在一口氧气中红润
内心的河流　被曾经一切隐秘的声响
形成了心情的波纹

密码一样的方言　如同头顶上
有片屋檐　自然的天空
云层中一片云朵飘向窄窄村口
浮动的气流　倏地
变成脉动里的血流

窗　景

城市的雪和风

总会整理出干净的小径　养成

住宅小区的洁癖

使落叶产生一种感官

卷走满地的尘土

庭院的树木藏好远方的田野

一阵又一阵过来的雨　伴随着魂魄

滴下梦悠悠的微光

溅落的样子

如同鸡在食钵里觅食

玻璃上的云层

揽着暖融融的阳台　露出一块

想入非非的空隙

此时此刻

小径保留着蚯蚓的消化道形状
独居或安静的周边环境
歇在窗景之中
瞟过冷或热的光晕

黄昏的溪马小村

为了寻找福地我们在地图上

进入皖南溪马小村　为了喉咙

为了一滴干净的水　我们

从蓝藻的水边从空气悬挂颗粒的水边

坐在漫不经心的溪马河边

水看见我们　我们也看见

野鸭和跳水的绶带小鸟

看见黄昏的太阳　孤悬山冈

如空中围合的透气玻璃

我们像被保护在里面……

无法述说我们对明天的

忍耐　像昨天水边的突然惊呼

鱼翻开白色的肚皮停止游动……

路过老人院

路过老人院侧门
夕阳落入一道裂缝　从中
所有的那一天　仿佛夹住了头颅

或简单地说　一个适应问题
最后几年的某月某日　无风的时刻
这里　能够上楼梯　忘却模糊的躯体

看见的墙　浮起纸一样的白
在变化中如同一张租金单子
包含使用的房间　床和漫游的思维

台阶高高升起　云在
三层楼的窗子里飞行　前廊上的椅子
在沉入天空似的瞌睡

——星宿的一粒冰雪

正在为衰落的喉咙　嘴里的心脏
融入松之又松的牙槽

而注视的一只眼睛
越过黄昏　进入歇息之夜
似乎拖长了脚的纤细踪影

那里　整理好了一切
任何一天一样的傍晚　薄薄的窗帘
可以遮掩此刻的灯光

一串旧钥匙

短链上一串旧的钥匙

经过很长年份　被牛皮纸的信封想起

斜着抖落出来的锈屑和声响

散在掌心　变成

临时居室里的杂沓之物

随身在心的门　出售了旧宅

从没富足的生活滑过大多数日子

仅存的想念　圈坐一起碰到的脚和呼吸

四处走散　各自偏倚的姿态

成为狭窄的光中

暗黑的一枝花朵

钥匙留下一串大的疑怆问号

没有紊乱的齿有着任何一种的凌厉

尖的

锋利的

悬立的嶙峋

在空槽之上　期望多于一个人的锁孔
丢下的凝视　倾听或意义的毫无意义
也许因为老了　也许因为
隔绝了一扇消失的门

刺　绣

这猫的眼睛　这绣绷和针尖上的丝线

和灵性　气息从过去的老街窗口吹来

似乎　猫须碰到了一缕垂下的白发

蹭在老花镜一边

像可靠的陪伴　娇柔自脚蔓延至脖颈

绒毛一样的嘴唇　自言自语

发出逗趣的喵声

融化于场景

同样显现的警觉

侧向一面的头　望着照射过来的光线

以及陌生的从没见过的那么多老人　轮椅

一并排的单人或双人房间和院子

觉得暮色的寂静　罗列一起　粘在低语上

而趴着一瞥

发现那些有着抚摸意味的皱皱之手

牵动着全部的神经和孤寂

脸上

有着充盈的光

后　代

黄昏单纯

湖边一群化身的蝴蝶

斑纹变黄变皱了　夏天已是深秋

涟漪如丝　穿过无法辨认的礁石针孔

倾听柳树滑过线条的气息

以及岸边金盏草

锦葵花

光和自然规律的变化　记忆年轻起来

抖落下一路或油烟里沾上的灰尘

自在的风　新的空气和呼吸

形成一个整体

蹁跹中　所有山色与灌木转动起了方向

轻灵使一天变得丰富　使自己

索要的一点夕阳

更像一朵毋庸置疑的花

而没能一起出现的后代　情绪的一部分

肯定忽略了这一刻的时辰

蝴蝶的

形体和美或空间

衰老问题

如果忘记　然后突然想起
局促的黑发稀少起来　骨质变得疏松
睫毛上落下的半空光斑　闪出一面镜子
就浮起了
游移的白星

太多顺从
太多宿醉之后习惯的沛然心跳
社会的糖和经济的盐侵入肾和肝胆
记不清了消失的日子
而需要做下去的事情　脸面或理由
渴望的每一个空隙及借口
飞过酸涩的牙缝
使独自的风吹雨打
偶尔两三次清脆的关节响声
碎在喧嚣里　卷起了
一地杂驳的树荫

当第一粒药丸

溶解一只杯里明澈的水

然后疲惫坐下　躺上深夜静悄悄的床

衰老问题　突然想起

又倏地忘记

那时轻轻闭上眼睑

这一日就与黑夜融为一体了

养老指南

一个属于自己的地方

一处安静而百年之好双全的房间

清朗的风融合庭院和恰当开阔的阳台

气息平和　一身衣着干净

指甲缝里

没有污垢

养老准备　在视觉里诞生

在瞳孔中遗忘媒体的凌虐细节

新的境遇　必须放缓钟表的转动速度

从容地保持轻盈骨架　暗淡地

培养悸动的同情

某些不能替代的自理小事　日常一切

洗脸

穿衣

开窗

包容所有现在做到的全部

本能行动　和四肢上的敏感或灵巧
是那最好的独立　昼与夜的光
以及跟随的膝盖　提起的
行走脚步

同样延续的生活　窗台上的葱绿盆栽
植物的茎和叶　氧气和月色
也是一种信心的状态

开　始

想起又突然忘记

视力加厚一百度二百度三百度的镜片

头颅里某些粉色正在变白　正在缩小

围拢过来的寂静　开始

一秒钟的断裂

震颤着有些症状的神经以及

每个念头　每个感觉　每一次的敏锐

这种变化　看起来

渐渐沉寂的居所

只在裹紧身体　婉拒一些存在之间的联系

把思想的稀疏眉毛看作

晾在窗玻璃上的一缕光线

而实际

太阳穴里血液流过的声音就是

耳廓松垂的形状

一个渐老的人　无人知道综合衰变

更多过去的脸或所见印象

总在一次停顿之间
使同一个人同一样的生活
变成了两个人的集体

朵 香

幽香花瓣　飘起一缕长长的气息
从吸入开始　经过喉咙一路抵达肺腑
非常细滑透彻
渗入
肌体内部的严寒日子和黑夜　随之
绕着心脏　融合清凛的空气
一丝丝向上　向着心尖伸展
那里　仿佛也有一次
微微发红的日出

兰花草　懂得胸腔有一个湖泊的轮廓
它在孤独的眼睛下面　在一个视觉里
形成了春雾　萦念着
隐化的无瑕清澈
静静的月色

天 真

昨夜　蟋蟀的曼妙

属于一个老人　如同一座屋子和所有深情

窗子或房梁模拟出细微动静

在夜色中　生出一种

说话的声音　彼复一波

像是拼在一起的柔软被子

覆盖干净的床

醒着而眠的皮肤

在全世界醒来的早晨

蟋蟀睡了　衰迈的老人在余音里

颤颤而出　想见一见陪伴他的那只蟋蟀

看看那粉色的翅膀

安静角落　一簇蕨草遮掩的墙缝

在静静蹲下时

银白色的躯体拢住气息

小心翼翼如在凝视一个婴儿

在时间里面
合成骨肉记忆
悸动的天真

晚　餐

在城市普通的窗内

老人旋转自身的背影　擦净桌面

摆放好所有傍晚的筷子和形态

眺望一棵树上绽放的花朵

以及闪过缝隙的人流和入口小径

等待骨肉的客人

默默聆听钟表的蟋蟀响声

直到夕阳凋零　移走最后一缕光线

直到一只蚊子在锥体光中飞行

月亮让脸

黯然失色

这时　老人在自己眼球深处

迈动蹒跚脚步　走下几段楼梯

把放进塑料盒里的丰足晚餐

送到刚才看到的一棵树下

招呼猫咪过来

凝视

寂静的咀嚼声响

干　燥

在干燥的季节里

干燥的城市失踪一个老人

电子眼里的影像在人行道上飘忽

像在寻找什么　惦记什么　过了斑马线

凉鞋上一袭睡衣睡裤延长了昼与夜

小车和行人一一掠过

尘埃和路灯合成的光晕

迷迷糊糊　潜入

孤单的屏面深处

而远处一垛充满裂缝的墙和一无所知的门

同样敞露在电子眼里　街上

两排楼房和光秃秃的树之间

路面干净

泛着光亮

看到了一个失踪的老人

拖曳着最后一丝飘忽的人影

代替忘记

向年迈挺进

我感到平常　为此我像在明亮的线条中

保持头发乌黑　没有孤零零的无奈样子

更没沮丧和喘不过气来

我干净的相貌　镜像还是可靠的保障

等值的活力和特征　躯体

似乎是根不变的撑杆　支撑着

韧性和高度　以及立足点的坚定

而一张始终觉醒的脸

如同一本牢牢装帧起来的书

六十多页　里面那些

天天跟我沟通的话

——微笑着的人类日子

的确符合现在的生活　并包含

一个稳妥的理由　两次找到的土地

或没有痕迹的路径

像在一片鞋子的脚步声中

以我洪亮的抱负　升起全城之上的呼吸
持续向前
直抵那二十一世纪中叶的结束

永远年轻

一种心脏一侧的生存血色
一种肝脏一侧的代谢功能
我的肌体重新构造出来　骨骼加重
被称过或量过的肌肉　等同
巧克力形状的腹部
关心美　尊严和时间的呼吸　融入宽阔江河
如一条鱼　某种追求日出的植物
呈现出夕阳的绯红　和那
活力的清澈形态
这种诞生
自身血液的温热和环形时钟的自由
伴随了漂亮的绿树　鸟的斑斓啼鸣
使我足够的耐心　思考和所见的渴望
到了闪亮的时候了　无限可能性
如同一个从容或不避任何眼神的人
永远年轻

沈苇的诗

沈苇　1965年生于浙江湖州，曾在新疆生活工作30年，现居杭州，浙江传媒学院教授。著有诗集《沈苇诗选》、散文集《新疆词典》、诗学随笔集《正午的诗神》等二十多部。获鲁迅文学奖、华语文学传媒大奖、十月文学奖等。作品被译成十多种文字。

云时代需要一种云下的凝神和虚静

沈苇

云时代是一个高度便捷、高度现象化的时代。新媒介的诞生，对于诗歌传播来说，无疑是一次巨大的革命。自媒体、融媒体、全媒体等，改变了文学既往的风景和生态结构。当然，新媒介不是对传统的彻底颠覆，纸媒与网媒构成我们的云下和云上，这种传播方式多元混融的状况，会一直持续下去。

但是，新媒介也具有两面性。便捷和即时或许是好的，其效应和结果却值得每一位严肃写作者深思、警觉。一个明显现象是：信息正在浩浩荡荡替代文学，或者说文学已被信息化了，文本被闲置、架空，常在云端空转。传播是花样繁多的、热热闹闹的，其深入人心的有效性却值得怀疑。经常是信息在快跑，而不是文本在漫步，这是云时代的现象学之一。在阅读层面，充满碎片、闪念和大量中断的时间，手机终端症产生一种新的虚无主义，"泛阅读"和"浅阅读"正像病毒一样流播……跨界传播的典范鲍勃·迪伦说，"一个 24 小时都是新闻（信息）的世界，就是一座地狱"，这绝不是危言耸听。如果诗歌是对虚无的反抗，那么在云时代，诗歌需要突围而出的"新虚无"是几倍数、甚至几何数的。

而在写作者这一边，某种产能意识正在逐渐占据上风，因为云端这座粮仓是永远装不满的。产能意识带来胁迫感和焦虑感，而非自主、自觉的绝对能动，以及耐心、精进、献身性的创造。自媒体的自我化和狂欢色彩，也只是欲望的无限放大。就像母鸡们还没有长大，云端稍有动静，便纷纷回窝下蛋。云时代似乎天涯咫尺了，似乎打破了种种界限和壁垒，似乎充满了没有交流障碍的"群岛上的对话"，但是，新的疏离、冷漠和虚无，正在形成一座座新的"孤岛"。"孤岛"在漂移，在历史、现实和虚拟世界并置、混融的汪洋大海中。

诗歌不是产能，情感和思想也不可量化。在云时代，更需要一种云下的凝神、虚静和镇定。凝视世界，聆听内心，关切时代和他人，专注于文本，投身一首首具体的诗。诗，是诗人们在虚无中抓住的那么一点点光，是美善、求真和希望的保险柜，换言之，就是功课、信仰和救赎。

据说，我们现在每天的诗歌产量已超过一部《全唐诗》了，但这只是数量上的"全唐诗"而已。帕斯曾希望自己写出一打好诗，里尔克借《马尔特手记》主人公之口说，要用一生之久去采集真意和精华，最后或许才能写出十首好诗。《全唐诗》收有张若虚两首诗，一首是几乎被遗忘的五言绝句《代答闺梦还》，一首就是"孤篇盖全唐"的《春江花月夜》。对于张若虚来说，一首《春江花月夜》就够了。对于今天的我们来说，一首《春江花月夜》不再是自赏的"孤篇"。

2020 年 6 月 19 日于湖州庄家村

阳台上的女人

在干旱的阳台上，她种了几盆沙漠植物
她的美可能是有毒的，如同一株罂粟
但没有长出刺，更不会伤害一个路人
有几秒钟，我爱上了她
包括她脸上的倦容，她身后可能的男人和孩子
并不比一个浪子或酒鬼爱得热烈、持久
这个无名无姓的女人，被阳台虚构着
因为抽象，她属于看到她的任何一个人
她分送自己：一个眼神，一个拢发的动作
弯腰提起丝袜的姿势，迅速被空气蒸发
似乎发生在现实之外，与此情此景无关
只要我的手指能触抚到她内心的一点疼痛
我就轰响着全力向她推进
然而她的孤寂是一座坚不可摧的城堡
她的身体密闭着万种柔情
她的呼吸应和着远方、地平线、日落日升
莫非她仅仅是我胡思乱想中的一个闪念？

但我分明看见了她，这个阳台上的女人
还有那些奇异、野蛮的沙漠植物
她的性感，像吊兰垂挂下来，触及地面
她的乳房，像两头小鹿，翻过栏杆
她的错误可以忽略不计
她的堕落拥有一架升天的木梯
她沉静无语，不发出一点鸟雀的叽喳
正在生活温暖的巢窝专心孵蛋
或者屏住呼吸和心跳，准备展翅去飞

2001 年

爱情赞美诗

在人民公社废弃的猪圈

他们蓬头垢面地相爱

在雪花、寒风和一床破棉絮下

他们瑟瑟发抖的爱情

比一只煨熟的土豆更烫

等分用完这只土豆，再也没有别的食粮

再也没有能够回去的故乡

在人民公社废弃的猪圈

这对流浪的男女

用体内最后的火和热相爱

"阿花啊……不要扔下我!"

他泣不成声，抱着一点点冰凉下去的她

像抱着污泥中的一只月亮

我没有听过比这更悲痛、深情的颤音

除了在人民公社废弃的猪圈

2002 年

吐峪沟

峡谷中的村庄。山坡上是一片墓地
村庄一年年缩小，墓地一天天变大
村庄在低处，在浓荫中
墓地在高处，在烈日下
村民们在葡萄园中采摘、忙碌
当他们抬头时，就从死者那里获得
俯视自己的一个角度，一双眼睛

2003 年

占卜书（仿敦煌文书）

1.

人说，我是白花斑隼
来自一张毁掉的花毯
丢了婚戒，羽毛也掉了一半
我卧在香树上高兴
……你们要这样知道

2.

人说，老太婆梦见红发暴君
在沙漠边养一百只黑猫为伴
她的屋顶被风掀掉了
她的馕吃完了
她留在家里，舔油勺子的边
活了下来，脱离了死亡
……你们要这样知道

3.

人说，乌鸦的翅膀遮住了天空
老鹰只好去地上散步
吃了玉米、田鼠，又吃掉了孩子
这是老鹰替乌鸦犯的罪
你们要把乌鸦绑在树上
牢牢地绑，好好地绑
……你们要这样知道

4.

人说，我是伸懒腰的老虎
我的头在荆棘丛，斑纹在光焰里
我打着哈欠，得了点伤风感冒
但我英武，勇敢，色彩斑斓
犹如火焰的雕像，黄金的灰烬
……你们要这样知道

5.

人说，天上有雾，地下有土

小鸟飞着飞着，迷了路

孩子走着走着，丢失了

他的母亲哭瞎了一只眼

老天保佑！第七年又在喀什噶尔相见了

他带回一位撒马尔罕的新娘

大家看了都高兴，都哭

就喝穆赛莱斯，围着一堆火跳舞

……你们要这样知道

2003 年

月　亮

月亮有着敏感的嗅觉
闻到大地上无边睡眠的悲伤气息
他的缄默，是一粒尘土的缄默
他的疾病，被月亮治愈

年轻时，他将孤独储蓄在月亮上
到晚年，利息连同本金可以一起滚动了
瞧啊，他的嫦娥在逃亡
那一点点消逝的光的裙裾
和桂花的芬芳

他储蓄美、荒凉，却没有一把扫帚
去清扫天空的灰烬
一次又一次，月亮那么温驯
一次又一次，月亮被支付给死亡
莫非它是前世遗忘的一只眼睛
古老目光含着冷霜和鞭痕

仍在将他久久凝视
如同一个银制的咒符

在泥泞人生中，不是伸手可及的一切
爱情，友谊，居所，窗外的草坪
影响了他的面容和个性
他发现，他是被失去的事物
被一只死去的月亮，创造着

2004 年

叶尔羌

在贫乏的日子里他写下一行诗
最好是两行，搀扶他衰老的智慧
再向前迈出踉跄的一步
使结冰的情欲，再次长出炽热的翅

他吟咏玫瑰、新月、土陶、美酒
将破碎的意象，重塑为一个整体
欧玛尔·海亚姆，鲁米，他的导师
一个流亡的苏菲，他走散的兄弟
享乐与忧伤，行动与虚无
一再点燃他的青春主题

在叶尔羌花园，在一张飞毯上
他写下——
"心里装满忧伤的人是多么孤独啊，
他最终会死在爱的火山间。
曾有人死在姑娘的两条辫子上，
也可能死在诗人的两行文字间。"

一再失去的

是他取自琴弦的旋律和韵脚

一再失去的，是他在丝绸与道路

美玉与躯体间寻找的比喻

还有他在麦盖提爱过的樵夫的女儿

落日余晖抹杀她的荒原野性

她的美貌，如今是面纱后

不可揣度的禁忌和谜语

十六世纪快过去了

天空蓝得像麻扎上镶嵌的琉璃

岁月疯长的荆棘逼他写下心平气和的诗

如果诗歌之爱

不能唤醒又一个轰响的春天

他情愿死在

叶尔羌一片薄荷的阴影下

2005 年

黄昏散步到一株香樟树下

黄昏散步到一株香樟树下
那里，吊死过村里最美的女人
她的声音、容貌、发香
遗弃在数百米外的远方
脚步要轻一些
不要惊扰树下沉睡的亡魂

傍晚微微起伏、荡漾
芦苇摇曳，杂草疯长
掩映熟悉的乡间小路
桑园气息，沾襟的晚露和夕光
提醒我：时隔二十年之后
我已是一个异乡人
却在频频返回自己的起源

荒芜的稻田，废弃的机埠
疯狂的水葫芦成为河道的主宰

热电厂烟囱改变村庄的天空
人民公社一穷二白的时光
仿佛仍攥紧在桑树的拳头中
一座淤塞的池塘
曾经是我小小的起源
现在是，并且继续是
而我，除了羞愧，无以回报
哪怕回报其中泥泞一滴

……我披着不轻不重的暮色回来
坐到母亲身边，剥笋、豆子
东一句西一句，谈着村里的人和事
"香樟树上死人多。"
"外婆是紧随外公而去的。"
"一代代人，被一茬茬割掉了……"
母亲感慨着，目不识丁的她
总能说出我哽在心头的话

2006 年

达浪坎的一头小毛驴

达浪坎的一头小毛驴
吃一口紫花苜蓿
喝一口清凉的渠水
满意地打了一个喷嚏

它，在原野上追逐蝴蝶
沿村路迈着欢快的舞步
轻轻一闪
为摘葡萄的三个妇女让路

达浪坎的一头小毛驴
有一双调皮孩子的大眼睛
在尘土中滚来滚去
制造一股股好玩的乡村硝烟

它，四仰八叉，乐不可支
在铁掌钉住撒欢的驴蹄之前

太阳照在它

暖洋洋的肚皮上

2007 年

林 中

落叶铺了一地
几声鸟鸣挂在树梢

一匹马站在阴影里，四蹄深陷寂静
而血管里仍是火在奔跑

风的斧子变得锋利，猛地砍了过来
一棵树的战栗迅速传遍整座林子

光线悄悄移走，熄灭一地金黄
紧接着，关闭天空的蓝

大地无言，雪就要落下来。此时此刻
没有一种忧伤比得上万物的克制和忍耐

2008 年

有所思，在和田

有所思，在和田
石榴圆满，核桃树圆满
羊脂玉圆满，河道里大卵石圆满
孕妇圆满，孩子们眼中的蓝圆满

有所思，在和田
麻扎圆满，沙漠废墟圆满
尉迟乙僧失传的画作圆满
消失的尼雅、丹丹乌里克圆满

——不要惊扰了一朵玫瑰的开放
——不要惊扰了毛驴的小步伐
有所思，在和田
尘雾迷蒙了我的双眼
已有一百〇一天
如果我化身为一粒尘埃
静静落在和田的葡萄树下

那么，我就是圆满

2009 年

为植物亲戚而作

在我的植物亲戚中
油菜花从不失信、爽约
每年都来清扫过剩的阴雨
蚕豆花开，我们再次遇见
童子们黑亮亮的眼睛
桑拳头总是攥得那么紧
并不屈服于驯化和矮化
在阵阵和暖春风中
如期结出新叶、木耳和桑葚
菜地里小葱、韭菜和大蒜
青翠可爱，一行行、一句句
是母亲开春时种下的
比我种在书里的字、词、句
更生动，更具自然的美感
苦楝树从不招来凤凰
有时引来喜鹊和更多的麻雀
引来四面八方的乡村消息：

生、老、病、死，等等
祖坟那边的香樟林越长越高了
是鸟儿从别处衔来种子长成的
茂盛和幽静，陪伴着
被我们丢失了姓名的九个祖宗
这座披头散发的小树林
仿佛在抵御流年和遗忘
当我找到一截香樟树的根
就可以带上它，再度远行了

2011 年

异乡人

异乡人！行走在两种身份之间
他乡的隐形人和故乡的陌生人

远方的景物、面影，涌入眼帘
多么心爱的异乡大地和寥廓

在异族的山冈上，你建起一座小屋
一阵风暴袭来，将它拆得七零八落

回到故乡，田野已毁村庄荒芜
孩子们驱逐你像驱逐一条老狗

你已被两个地方抛弃了
却自以为拥有两个世界

像一只又脏又破的皮球
被野蛮的脚，踢来踢去

异乡人！一手掸落仆仆风尘
一手捂紧身上和心头的裂痕

2012 年

沙

数一数沙吧

就像你在恒河做过的那样

数一数大漠的浩瀚

数一数撒哈拉的魂灵

多么纯粹的沙，你是其中一粒

被自己放大，又归于细小、寂静

数一数沙吧

如果不是柽柳的提醒

空间已是时间

时间正在显现红海的地貌

西就是东，北就是南

埃及，就是印度

撒哈拉，就是塔里木

四个方向，汇聚成

此刻的一粒沙

你逃离家乡

逃离一滴水的跟随

却被一粒沙占有

数一数沙吧，直到

沙从你眼中夺眶而出

沙在你心里流泻不已……

2013 年

遗忘之冬

颂赞或诅咒，都不能拯救遗忘
第三条道路通往叛乱的星河

风景将继续传播，但是空寂无人
无人的群山，只是一座座覆雪的孤坟

幸存者漂泊，用余生将自己修补
他已分裂成一些大漠、戈壁和孤烟

他还会从雪里挖出蚂蚁的食粮
将巨犀和猛犸，从幽冥世界拖出

不可抗拒的严冬，这个史前庞然大物
一屁股坐下来，就占领我们的版图

在喉咙刮过太多的沙尘暴之后
飞雪的、冻伤的嗓子已没有歌

2014 年

祈祷诗

1.

每天，需要一个攸关性命的时刻：
像一叶扁舟，驶离一个无常港湾
像漫游者，带着内心强劲的马达
并且要热爱遗忘，祈求被人遗忘
这样，你就从被裹挟、被损害的
日常生活中，赢得了自由和想象！

2.

不是鸽子凯旋，而是羔羊没有死罪
不是刀斧锈蚀，而是炸弹变成哑弹
不是父亲健朗，而是母亲抹去眼泪
不是上帝在场，而是魔鬼忘记交易
请不要老哼哼我啊我啊，要想一想
世上同样忧虑着、祈祷着的他和她！

2015 年

金山书院

"有时晚上不见一人，书院显得
尤其空荡，恨不得将它关了。
哦，荒凉的县城，荒凉的文学……"

于是，四个男人
一个布尔津人，一个吉木乃人
一个禾木人，一个乌鲁木齐人
坐下来喝酒，读诗
从《一张名叫乌鲁木齐的床》
读到《喀纳斯颂》

"有一天，骑赛车来了两位女士，
我在冲乎儿教书时的学生，
小时候调皮得很，一位曾被我罚站，
一位被我赶回家，她们不记仇
结伴来买《喀纳斯自然笔记》。
但热气腾腾的八〇年代到哪里去了？"

"哈，今夜的难题还有一个：
教士啤酒下肚，啤酒瓶如何送回德国？
颂扬苦闷，还是试着赞美
这遭损毁的世界，才是一个问题!"

"凡造梦者，须去废墟上捡拾砖瓦。
凡将无形之梦，变成有形之梦的，
皆可称之为荒凉的事业。"

此刻窗外，额尔齐斯河静静流淌
所以今夜不太荒凉
如果我们还是感到了荒凉
就去邀请院子里的三棵树为听众：
一棵漆树，一棵野山楂，一棵欧洲荚蒾

2016 年

西边河

家宅被拆后，东边修起工厂围墙
早晨和傍晚，一天两次我往西边走
穿过挤成疙瘩的新农村建筑群
农人在可怜的一点空地上种菜养花
我认识丝瓜、扁豆、丹桂、枇杷
后来又认识了秋葵、木樨和薜荔
浑浊小河通往大运河，看上去似乎
还活着，但谁也记不得它的名字了
有人叫他围角河，有人叫他西塘河
还有人叫它徐家桥的那条河
第一天，在河边看到钓鱼的人
他的耐心终于钓到一条小小的鳊鱼
第二天，有人给簇新的油菜苗浇粪
一勺一勺，像我小时候看到的动作
第三天，在河边想起儿时玩伴红鹰
家境贫寒，从小干粗活、重活
九岁溺水死。苦命而好心的她

是否已投胎转世在一户好人家？
第四天，从远方飞来一只白鹭
浊水沐浴，在一棵柳树下整理羽毛
休憩，好奇地望着黯淡下去的水面
第五天，我就要离开了……起风了
秋风吹皱河面，喜鹊在杉树上筑巢
父亲说，今年的巢比去年低了些
说明明年不会有洪水了……

2017 年

但丁的讽刺

从沙漠跌落河流
又从河流爬进沙漠

拖泥带水的人，进入
溺死鬼与木乃伊的队列

在一首回旋往返的诗中
跌落、爬行……茫然四顾

如在阴阳两个世界穿行
此刻发生的事已永远发生

孤单者渐渐变成了一群人
命运如滚滚洪流、浩浩沙漠

无休止文本：一种感叹的发展
所有罪人都是被但丁讽刺过的

2018 年

把一株青菜种到星辰中间

把一株青菜种到星辰中间

在那里升起几缕原始的炊烟

太阳里养猛虎，月亮上种桂树

几乎是剧情里的一次安排

当一株青菜种到星辰中间

世界就可以颠倒过来看

倒挂的蝙蝠直立行走

它们的黑已被流言洗白

山峰低垂，瀑布倒悬

大江大河效仿了银河

死者苏醒，像植物茂密生长

而地球的流浪渐行渐远

人间事，不过是菜圃里一滴露

2020 年

柏拉图

雅典西北郊外，陶器区学园
幼时被蜜蜂叮过嘴唇的柏拉图
对着一帮学生滔滔不绝讲演
他说宇宙由三角形和正方形组成
地上理想国，要由哲学王来统治
它高于未来所有的宪法国家
他说到马，一种普遍的马是永恒的
而一匹特定的马，会死亡、腐烂
人类，包括在座各位，常是
洞穴里的囚徒，把石壁上
自身的影子，看作整个世界
（……学生中开始有人离开了）
他讲到战争与死亡——
"唯有死者才能看见战争的结束。"
爱与欲："爱是神祇赋予的
惊喜。肉欲只是人性中的兽性。"
善？"善这一部日益侵削，斯为

己之奴隶，而众皆唾弃其人也。"
（……更多的学生离开了
最后，只剩下亚里士多德在听）
柏拉图依旧滔滔不绝，他知道
唯一的学生就是全部的学生
但从另一个角度看，孤独的他
好像正对着空气自言自语
在偶尔停顿的间隙，他看见了
学园里的橄榄树和犬蔷薇
从公元前 387 年开始，犬蔷薇
更名为"柏拉图的徘徊花"

2020 年

李南的诗

李南 1964年出生于青海。1983年开始写诗,出版诗集《妥协之歌》《小》几种。作品被收入国内外多种选本。现居河北石家庄市。

诗的真

李南

　　我身边的诗人朋友说起大师是一脸羡慕，对于这个问题，我经常感到困惑。我常常反思，这是一个波谲云诡的时代，在这样一个精神匮乏的时代，我们目前的写作是否能配得上这个时代？我想起 20 世纪俄罗斯白银时代的诗人们，想起巨变前东欧的诗人们，他们是怎样面对他们的时代，用诗歌来表达他们所经历的一切？每每想到此，感到作为一个诗人的路途漫长，我们离大师的距离几乎让人绝望。

　　能成为一个优秀诗人，也是许多诗人不懈的追求。我觉得一个优秀诗人的标配：经典化的写作，跨文体的驾驭能力，以及可持续的创作力。

　　有一阵子，我对诗歌产生了怀疑。既然它不能改变诗人的三观，不能给诗人带来丰厚的物质生活，为什么总是有诗人前赴后继，源源不断地加入到诗人的行列？过一阵子我又释然了，因为在这个古老的问题上，每逢你阅读或交谈时都会有新的认识，问题迎刃而解。

　　这两年，我一直在学习如何在诗中释放自己。我正在试图改变戴着面罩写作，或站在道德高地写作，还原一个日常真实的自我。恰巧，我读到米沃什的《乌尔罗地》，第一章中他就写到了这个问题，他说："释放自己意味着同读者对话，同时期待着他们的理解和信任的眼神。"但是如何释放自己？他没有谈到。

以我浅薄的理解，释放自己就是从个人记忆中挖掘，从个人经验中寻找，从日常生活中感悟，从反复的词语练习中淬炼，但是作为一个内心羞怯的人，是不是能够向读者敞开心扉？这不仅仅是个语言表达问题，也是诗歌伦理学的问题。

美国诗人弗罗斯特说过一段话，让我记忆深刻："作者不含着泪写，读者就不会含着泪读。写的人既然没有惊喜，读的人也绝不会觉得有趣。"

这是在讲诗人的"真"，"真"是诗人诗歌写作的前提条件。我无法想象一个浑身上下都掺假的诗人，怎么可能写出激越人心的好作品？当然，也并不是只要有"真"，就一定能写出好诗，诗歌说到底是一种艺术，艺术的言说方式自有它的特点，诗歌语言是一个诗人终生温习的功课。真诚面对读者，真实书写内心，真切关怀世界，心灵的真实与艺术的幻觉产生了奇妙的平衡，才有可能写出优秀的诗作。

今年以来，全球疫情改变了世界，可以说每个人都有了一次深度反思的机会，关于活着和死亡、人性的幽微、制度的优劣……这惨烈的一切就是我们的现实。我已经沉默了许久，无法用诗的语言来描述。

屈指一算，写诗也将近四十年了。这些年中，我读书，储备知识；我行走，感受新奇的事物；我思考，捕捉一闪即逝的灵感……就这样，一直在路上。

小小炊烟

我注意到民心河畔
那片小草它们羞怯卑微的表情
和我是一样的。

在槐岭菜场，我听见了
怀抱断秤的乡下女孩
她轻轻地啜泣

到了夜晚，我抬头
找到了群星中最亮的那颗
那是患病的昌耀——他多么孤独啊！

而我什么也做不了。谦卑地
像小草那样难过地
低下头来。

我在大地上活着，轻如羽毛

思想、话语和爱怨

不过是小小村庄的炊烟。

下槐镇的一天

平山县下槐镇，西去石家庄
二百华里。
它回旋的土路
承载过多少年代、多少车马。
今天，朝远望去：
下槐镇干渴的麦地，黄了。
我看见一位农妇弯腰提水
她破旧的蓝布衣衫
加剧了下槐镇的重量和贫寒。
这一天，我还走近一位垂暮的老人
他平静的笑意和指向天边的手
使我深信
钢铁的时间，也无法撬开他的嘴
使他吐露出下槐镇
深远、巨大的秘密。
下午 6 点，拱桥下安静的湖洼
下槐镇黛色的山势

相继消失在天际。

呵，过客将永远是过客

这一天，我只能带回零星的记忆

平山下槐镇，坐落在湖泊与矮山之间

对于它

我们真的是一无所知。

呼　唤

在一个繁花闪现的早晨，我听见
不远处一个清脆的童声
他喊——"妈妈!"

几个行路的女人，和我一样
微笑着回过头来
她们都认为这声鲜嫩的呼唤
与自己有关

这是青草呼唤春天的时候
孩子，如果你的呼唤没有回答
就把我眼中的灯盏取走
把我心中的温暖也取走

眼看着玫瑰……

眼看着玫瑰的干枝，在你枕边
耗尽了水分。妈妈
你曾经润泽的脸
在病榻上转暗、转暗。
妈妈，我是多么的惧怕！
你抛下我们，独自转身
奔赴另一个地方……
你的慈爱
长久地隐蔽在叶片之间
你的沧桑
却是我无法追赶的星阵
妈妈，你一生都在做一件事情——
让我们弯曲的道路
变直。

和我在一起

不要亮出你的权柄
不要向我通报你的官职
令人厌倦的谈话
不如小桥流水有趣。

把车开到半山腰吧!
和我一起望一望田野，村落
第一道曙光如何升起……

你也不必打问我的身世
这悲凉的记忆不应该留在你心底。
看美妙的晨雾在飘浮、在变形
将那不朽的一切重新命名。

我有……

我有黑丝绸般体面的愤怒
有滴水穿石的耐心。
我有一个善意人
偶尔说谎时的迟疑。
我有悲哀，和它生下的一双儿女
一个叫忧伤，一个叫温暖。
我有穷人的面相
也有富人的做派。
我有妇女编织毛衣时的恬静
也有投宿乡村旅店的狂野。
我经过吊桥
小丑在城楼上表演。
死亡早已准瞄了我
但我照样品尝新酒，哈哈大笑。
我有傻子和懒汉的情怀
活着——在泥洼地里、在老槐树下。
我还有这深情又饶舌的歌喉
谁也别想夺去。

我的诗只写给……

水仙——多么骄傲！蝴蝶——多么自信！
远山的沉默让人类羞愧。

我的诗只写给亲人、挚友、同道
和早年的恋人。

他们沿着文字穿行
总能把红艳艳的果实找出。

有时他们也发出疑惑：
天哪！一道彩虹怎么能让人昏迷？

更多时候，他们深信诗歌描述的就是
张开翅膀却飞不到的地方。

心　迹

妈妈说，诗人
风花雪月的情种
最没出息——
尤其是在这个年代。

妈妈啊，可我偏偏爱上了
这门传承已久的技艺
从不指望它挣钱、糊口，改变
我命定的轨迹。

我爱它，是当它张开欢乐的嘴唇
就有了人间秘密。
而我要站在永恒的光年中
听神说话。

妈妈，我偏偏爱上了
这些水手的船、勇士的剑

我爱这些神奇的汉语，胜过
法布尔爱他的昆虫。

停车温泉假日

一切是新的。房屋、花草、和新鲜的水源
只有我是陈旧的。
真对不起——亲爱的
我辜负了太多的岁月。
在拇指传情的年代，我依然那么老派
甚至，连爱也爱不起来。

绝望的心就像今晚车跑过的路
黑黢黢的。
可这又有什么关系呢？
我还爱着绿色植被、每一寸清新空气
关心教育和公德……
我这样安慰自己，也像是安慰空旷无边的麦田。

瓦蓝瓦蓝的天空

那天河北平原的城市，出现了
瓦蓝瓦蓝的天空。
那天我和亲爱的，谈起了青海故乡

德令哈的天空和锦绣，一直一直
都是这样。
有时我想起她，有时又将她遗忘

想起她时我的心儿就微微疼痛
那天空的瓦蓝，就像思念的伤疤
让我茫然中时时惊慌

忘记她时我就踅身走进黯淡的生活
忙碌地爱着一切，一任巴音河的流水
在远处日夜喧响。

我以月亮上下弦计时

这封信写给一位骄傲的大师
加急快递，远渡重洋
我以月亮上下弦计时——
不算已逝的昨天和未到的明日。

闲居钦州，念起舅妈邱如芳

如今我穿着你穿过的拖鞋，睡着你缝制的床单

翻着你读过的经书

看着门前的番石榴树

那是你亲手栽下。

我在阳台上读书，想着死亡这件事

当然也不全是死亡。

你受过的苦，流过的泪

将来史书中里肯定找不到一丝痕迹。

可是你精彩的生，一个基督徒的好心肠

却在亲友们嘴上传扬……

十一月的钦州

空气湿润，适宜人类居住

舅妈，你最终没看一眼北风吹来的方向

独自攀上了天父系下的云梯。

我去过许多地方……

我去过许多地方：庄稼连着农舍
白天接着黑夜。
篱笆上晾晒的花衣
妇女们在房顶簸谷或选豆
黄牛俯下身去，在水渠边喝水
呵，它在啜饮土地无边的灾难

我独爱这个地理的中国
是因为我没有去过别的国家。

我爱落日下方的垄沟
也爱各种方言、农民干活儿的姿势
一棵草草斜过它的身体
几座坟茔，让远逝的人群与大地平行。

这就是我的祖国：
迷信和战争走过它每一寸肌肤

这就是我的人民：

在风中，他们命若琴弦

唐古拉山

我们祖国的风景已经够美:

在宣传画册中、在纪录片里。

千里草原

遍地是被驯服的牦牛、被阉割的马群。

你游历过黄河和长江。

你知道时间与地理的战役。

——在唐古拉山:

只有天空胆敢放肆地蓝

只有卓玛才能唱出祖传的歌词。

总会有一个人

总会有一个人的气息

在空气里传播，在晦暗的日子闪闪发亮

我惊讶这颗心还有力量——

能激动……还能呼吸……

和那越冬的麦子一起跨过严寒

飞奔到远方。

总会有一个人

手提马灯，穿过遗忘的街道

把不被允许的爱重新找回。

总会有一个人吧！

在我失明前变成一束强光

照彻伤口和泪痕、我经过的山山水水。

冷杉投下庄严的影子

灰椋鸟忧伤地在林中鸣叫

仿佛考验我们的耐心，一遍又一遍。

时间松开了手……

跟风说起宿命。

给松柏弹奏一支离别曲

当我懂得了沉默——

大梦醒来，已是中年！

黄河淡成了长江

恩怨淡成了江湖上美丽的传说。

时间松开了手……

一座坟墓在后山，盯着我。

如果我路过春天

如果我路过春天
我会爱上 18 度的恒温、漫天柳絮
我要轻轻拂去
小花小草身上的尘土。
我还会弹琴
给路过春天的人群听
再见人们。我会守候在下一个路口
为你们献水。
爱春天，甚至还爱上她的缺陷——
化工厂的黑烟囱，和
小小贪官的酒气。
路过春天时，我抬头看到了
田野的犁铧
飞鸟翅膀上的砂子。
我庆祝新发现的一切
没有人注意我内心的阳光
我只是爱着、战栗着
而说不出一句话来。

偶遇南京

没有泥浆的街道

晚秋的蔷薇还未枯败

中山陵游人稀少

大屠杀纪念馆抑郁难耐……

在六朝古都

我的心事太沉重，思想又太苍白。

直到你适时地出现

一道强光照彻了我的幽暗。

我们聊天，说起家乡和近况

说起蓝色大海和可爱的朋友

我有陈酒，但我们没喝

我新谱的曲子，也没有人会唱

这也足够了——空气中有蜜

灵魂得到了最高奖赏！

唉，美好的事物总有缺憾

十一月追赶着十二月。

可是……世上有一种不期而遇的相见

还有一种不说再见的道别。

老约翰谈一场战事

华盛顿，阿灵顿国家公墓。

92 岁的老约翰摘下了他的棒球帽。

关于 1944 年那场战争，他说：

"盟军 B—29 轰炸机群

摧毁了捷克斯柯达兵工厂。

哦，你问纳粹？他们当然要反击。"

炮弹击中了多数战机

可没有一架在空中爆炸。

飞行员驾着受伤的战机返回基地

他们既恐惧又疑惑

机械师发现了弹头里的字条

那是捷克士兵写给盟军的——

"对不起，我们只能做这些了。"

"感谢上帝，被临时征作士兵的捷克工人

站在我们这一边

那些射向我们的炮弹

装的全是沙土。"

现在，飞行员约翰老得已忘记了自己的姓氏

但对 1944 年这场战事

却一直记忆犹新

当然也包括那些从未见过的捷克人。

逃亡路上

有人带着枪支和匕首。

有人带着细软和指南针。

可我背包里只有草籽、书籍和口琴

主啊，我信你不会使我挨饿、迷途，死于非命。

奢 望

需要一道山坡

——斜斜的。

需要一座老式钟摆

——停止的。

需要一盒钻石香烟

——蓝色的。

需要一片草地和一个星空

需要把手机调到静音。

看月亮出来致辞

看秋蝉热烈地鼓掌。

还需要一个人

和另一个人一起看星星。

直到秋风渐起

直到露水打湿了裤脚。

偶尔说点什么

或者什么也不说。

在你们中间

在你们中间，就像树干与枝条中间
长着各自的心事
第一枝迎春花开了
却不明了春天的盛大计划。
我是被神拣选的人
和你们不同，心中刻着戒律。
一生过于漫长
需要糊涂的日子
我在你们中间
需要给苦涩的生活加点糖。
阳光多么和煦
落叶在头顶上轻轻旋转
我会偶尔发呆
望着一片浮云出神……
我们喝茶，评论服装和美食
秋天成全了旅行计划
让我们百度一下大好河山
不谈政治，也不谈宗教。

铁门关致友人

库尔勒的朋友，用热情
点燃了巴音郭楞的深秋。
木纳格葡萄，库尔勒香梨，阿克苏苹果
纷纷涌进我的房间。
可我行程短促
带不走这些会笑的水果。
在铁门关，我只是偶尔被风沙吹来
你们却给我一束追光。
深夜，我咬着香梨
甜蜜居然从眼睛里流出……
近来我常默默回想你们——
一个羞涩，一个淳朴，另一个爽朗
第四个还没出现，她正翻越天山
怀抱一小团火焰。

蓝色草原

驶往克什克腾旗腹部

的茫茫白雪中

我们把大青山、五彩山统称为雪山

把达里诺尔湖叫作冰湖

把乌兰布统草原叫作雪原。

一位朋友说他见过草原上

奔跑的银狐

比闪电还要快。

另一位说,他只见过一次

蓝色的乌兰布统草原

关于这些草原上的奇事

我是既信,又不信。

那么好

虚拟一个你
日落时分写一封长长的信
思念是那么好。

对辜负过的人，犯过的错
说一声"对不起"
感觉是那么好。

瓢虫背上的花斑
两座山峰护送一条河流
江山是那么好。

我的工作，简单又快乐
只负责给大地上的事物押韵
——劳动是那么好！

抻出记忆中的线头：

离别时惆怅，重逢时狂喜
都是那么好。

当我路过新垒的坟头
猛然钻出一簇矢车菊
你看，连死亡也那么好。

落　叶

到了秋天，大家会踩着落叶走过
到了许多年后，妈妈和我也像这些落叶
先后从人间落进泥土
人们啊，愿你们踩着泥土，轻轻走过……

周庆荣的散文诗

周庆荣 笔名老风。1963 年出生于苏北响水。先后就读于苏州大学外文系和北京大学国政系。1995 年起在北京工作至今。1984 年开始诗歌写作，出版的散文诗集有《爱是一棵月亮树》(1990)、《飞不走的蝴蝶》(1992)、《爱是一棵月亮树》(合集，2000)、《风景般的岁月》(2004)、《周庆荣散文诗选》(2006)、《我们》(中英文典藏版，2010)、《有理想的人》(2011)、《预言》(2014)、《有远方的人》(2014)、《有温度的人》(2017)。中国作家协会会员。"我们——北土城散文诗群"主要发起人。

散文诗观

周庆荣

散文诗的根部属性是诗，散文诗的写作者如何走出身份的焦虑完全在于文本是否真正抵达诗。

走出对事物影像的过度描摹和轻易的抒情，以思想和本质的发现进行诗意的呈现。鉴于散文诗在叙述上的优势，写作者更要清醒自己在场的意义，让作品能够超越平均的立意，文字中料峭的部分便是你的写作价值。

我从未认为一种文体能被人为地边缘化，如同玉米绝不会被高粱覆盖，它们都是土地上美好的庄稼。分行或者不分行，只要是认真写诗，就是把深刻的丰收写进粮仓。

我们应该记住：散文诗是一种复杂的书写，是更加复杂和隐秘的诗。

至于我个人的写作实践，近年来，我一直坚持对目标事物的本质进行诗意的呈现，充分发挥散文诗对未来时空的一种预言性的优势。从方法论上来说，注意"格物、及物与化物"。所谓格物，是指我们如何从所接触到的事物中获得自己所需要，同时也对他者有意义的启示；及物，要求我们的写作必须在场，必须食人间烟火，必须能够让我们的写作去唤醒更多沉睡的经验；化物，要始终清醒写作主体本身的情感和知性的转换贯通，不拘泥于典和任何已有的出处。

说到散文诗走出多年来的唯美、抒情和密集修辞的误区，我一直坚持认为思想性是散文诗唯一的重量，也是这一文体所特有的优势。如果概括一个写作者重视思想性所需要的条件，这个条件便是：针砭、悲悯、热爱与希望。达到这个条件，实属不易。它要求写作者压低并且节制无时不在的日常情绪，要铭记天地永远悠悠，人类永远生存。用自己的作品，唤起蒙尘的理想和人性的温度。

以上是我的散文诗观，更是我一生要遵守的纪律。

2020 年 6 月 23 日凌晨　老风居

崇武古城

有了石头，火炮便不再可怕。

有了石头后面崇武古城的勇士，倭寇就是墙下人。

这是我第三次登上城墙。

我恨死侵略者，别人的怎么能够直接地变成自己的？

海风在吹，崇武古城仿佛教科书在翻动。

对付入侵者，先是弓箭和红衣大炮，然后是石头，然后是长矛和大刀。

肉搏是生命的礼赞，你想做强盗，就别怪我让你去死。

古砖整齐，俨如木刻的文字。

今天活着的人，都是幸存者。

走在崇武古城的墙垛上，我不允许自己只是一个游客。

我要告诉强盗，我一身武艺，至今仍一拳未出。

20201204 凌晨

武侯祠

关键在于出师。

让远处的风景是他的风景，远方的人民是他的乡亲。

山路漫漫，也崎岖，也坎坷。

可是，群山那边的原野萦绕在梦中，版图那样的顽固。

班师，接着再出。

鞠躬尽瘁之后，真的就死而后已。风云曾起于鹅扇的一开一合，空城计与火，它们让对手或者不冒进，或者干脆落荒而逃。

一炷香的青烟缭绕着往事。

他把自己活成了他人的祭祀。

武侯祠苍劲的古柏努力向上，它不把话说白，它不勉强岁月中的孰是孰非。

后来的马谡太多，武侯祠的主人再也斩不完。

天空吐出残阳，如在吐血。

在武侯祠，古今多少事，我不笑不谈，只叹息。

如果我是他，我就把自己埋葬在五丈原。

20201109 凌晨

深井之水

别再继续做深井之水。

井口的勒痕证明它曾经借助一只木桶，按照一根绳子的要求，走向大米成为米饭，走向庄稼变成第二天新生的叶片，走向被汗水浸透后的衣服，因此抚摸到一个女人的双手。

深井之水，有一千个理由被遗忘；

被遗忘之后，有更多的理由死亡那样地蛰伏在土地的深处。

与井绳相遇，深处的水动身向上。

想象着月色下的一个村庄。

一桶清凉的水，在炎热的夏夜，从乡村少女的秀发开始，流过手臂和羊脂玉般的身体，谁能够准确地形容深井之水的具体形状？

在美好之前，应该有一次深刻。

有一次冷寂。

我想做那个抓着井绳，把水提上来的人。

20201028 凌晨

沉默的砖头

会有这么一天的。

一块一块的砖头，在建筑的下面，它们来决定一切。

苔迹，不只是岁月的陈旧。

蚂蚁，或别的虫豸，访问着这些沉默的砖，它们或许爬出一个高度，它们没有意识到墙也是高度。

有一天，这些砖头会决定建筑的形状。

富丽堂皇的宫殿或不起眼的茅舍，这些砖头说了算。

上层建筑是怎样的重量？

沉默的砖头，寂寞地负重。它们是一根又一根坚硬的骨头。

它们就是不说话，更不说过头的话。

它们踏踏实实地过着日子，一块砖挨着另一块砖，它们不抒情，它们讲逻辑。

风撞着墙，砖无言。风声吹久了，便像是历史的声音。

想起堂吉诃德

长矛刺向空中，谁能记住刹那间空气的伤痕？

无数种愿望，有时虚晃一下。

田野在冬季空旷，收割已经完成，麦苗在雪后继续地绿，麦芒的理想一定出现在下一个季节。

风车已杳然。

许多庞然大物唤起你斗争的欲望，有时，连我也攥紧拳头。坐着，坐成了内心激荡。

其实，你根本不知道怎样出击。

是敌人自己，在路旁委顿，倒下，一个接着一个。

只不过是，有些现象让我们印象深刻，几天前我割下一垄韭菜，几天后，它们长得更加茁壮。韭菜，也疯狂。

堂吉诃德最后只有走向爱情，放下长矛和盾，瘦马独自用长尾甩动着古道西风。他手里的玫瑰花还未献出，就已成为一批人的情敌。

一截钢管与一只蚂蚁

整个下午的时间可以给予一只蚂蚁。

直径 10 公分，高 10 公分。一截钢管，把这只行进中的蚂蚁围在中间。

哈，小国的诸侯。

一只蚂蚁与它的封地。

风吹不进来，疆界若铜墙铁壁。初秋的阳光垂直泻下，照亮这片 100 平方公分的国土。

青草数丛。

放大镜下，看到江山地势起伏。

这只蚂蚁以转圈的方式巡视江山，一个圆，又一个圆。然后，向钢管壁攀缘，最高的时候，它爬到钢管的 0.8 公分处。接着，滑落。

这光洁无垢的 10 公分的高度！

一方诸侯又能奈何？

我移开这截钢管。

这只蚂蚁又画了几个圆，然后，随便找了个方向，一路远去。

一方小诸侯，重新自在旅途？

还是，从此一生颠沛流离？

乡村铁匠

快八十了吧，老铁匠？

胡子，又白又长。有风的时候，胸前荡漾的是秋天的暖洋洋的一束芦花？

铁砧没了，铁锤没了。

熊熊的炉火能把一块铁烧得疯狂，在一旁扯动风箱的那个女人名叫芦花。

她也没了。

也就是说，铁匠铺早就没了。夕阳落在村西头，一片空旷。

老铁匠在夏日里的每个傍晚，望着太阳。红红的炉火啊，红红的铁块。

一抡臂就是一铁锤的那坨肌肉，也没了。

敲击的声音，淬火的声音。

锹的形状，锨的形状，对了，还有镰刀。

一个村庄的田野，开垦、播种、收获。

村西头。

一个铁匠铺，如今，空旷；

一位乡村铁匠，如今，老人家。

荷花与芦苇

冰清玉洁的美人和草莽英雄，这是我印象中的荷花和芦苇。

啊，荷花和芦苇！它们，谁是谁的背景？一片湿地，风和日丽时的家园，暴风骤雨时的家园。

潮湿的环境。秋天里，芦苇花苍茫成草莽英雄的头颅。这时，荷花开始残败，英雄的心情像深秋的气候。芦花熟了，头发蓬松。

冰清玉洁是多么的美好。

挖地三尺，怀念与寻找。美人如藕，英雄，站在没膝的污泥里……

玄　铁

从玄铁里，我看到过去的火焰。

人为的炉火，真正的火，烧，再烧。

这个发现使我不惧怕严寒。玄铁让冬天更加冷峻，城市的面容同样可以冷，彻骨，但我拒绝发抖。下一个季节的温度会生长出新的事物，坚持一下，直到第一朵鲜花开放，在身边，或者远方。

玄铁的沉稳是不错的态度。

人生是怎样的长篇大论？火中走出的玄铁秤出人心的重量，浮云没有自重，所以它们在飘。

而且，玄铁还不怕黑暗。

它见识过有温度的光明，然后含蓄并加以凝固。

松：自语

我的名字就是你看到的这棵松，这个陡峭的悬崖，像我的整个祖国。

山里的飞鸟追逐流云而去，我只能在这里长久站立。我以无法行走的方式坚持着我的爱，感谢脚下的万丈深渊，它提醒我昂首，看着远方的希望。

我就是这样深情地望，每一个黑夜也真的都会过去，我总能等来太阳升起。就像此刻，它再高一些，就会挂在我的枝头，如黎明后的灯盏。

我的爱不会颠沛流离，原地厮守是我一生的宿命。山谷是丰富的环境，意味深长的孤独在审视你的耐心。我提着太阳站在这里，每一个新来的人，你忘却远处的喧闹和尘埃，想怎么自由就怎么自由。

我在，陌生的人，可以不迷路。

潮　踪

我不主张岸以陡峭的方式对待潮水。作为陆地的边缘，一味地冷峻，会影响潮汐的情绪。

听不到潮声的土地，弄潮儿会在哪里？

一个缓冲的地带，使我们巨大的江山有了前卫的勇气，潮起，海洋讲着大胆的浪语，不管说得是否正确，陆地能匍匐下身子，在聆听完潮声之后，再留下它全部的踪迹。

我喜欢在傍晚时分，在沙滩静静看潮，泡沫或者海星星，潮水来过。我们的土地古老，而潮水依然一次次地来，平庸的人稳定代表一切，但潮水一次次地来。

我恭敬地喜悦，因为潮水的踪迹。

沙河的冬天

这是最好的晚阳，只不过是在冬天。

冰是水的壳。

鹭鸶和野鸭去了别处，站在沙河的岸边，你不能不思念温度。

河面不见水的柔。春暖花开的抒情，一层冰封住了沙河的口。寒鸦和麻雀，它们是冬天河畔与天空的主人，这一抹江山，夕阳正美，它们畅所欲言。

我因此不说残阳如血。

我认真地看冬天的沙河，看曾经生动的事物，因为冰冻而冷峻，看涟漪在一个季节终于平静。

风吹来的时候，柳丝不在河畔。河面一层薄冰，一些灰尘在冰之上。

这个冬天，沙河在忍耐着抒情。

破冰船

我想在水面寻找涟漪的细节，却看到自由被坚冰封住。

当温暖的抒情成为幻想，请原谅这条船的遍体鳞伤。

港口和善良的梦，温暖会解决寒冷。

先不说鱼的欢乐和野鸭的权利，在冷冰冰的冬季，我们需要一条航线。航行，在自然的墨守成规里，我们仍然还可以憧憬。

喋喋不休的寒风依然不愿完成对温暖的论证，坚冰一统山河。那么，请原谅这条船已经伤痕累累。碎冰，一刀又一刀，像我们所熟悉的历史里的凌迟。

破冰船不流泪，水，应该有水的自由。

它看到远处苍茫的土地，上面长着麦苗。那些寻常事物，不顾厚冰板着的面孔，它们绿油油。

在破冰船的眼前，它们绿油油。

仓颉造字

当能说会道遭遇安静，好文章开始另外的书写。

写往事和日后的预言，写爱和恨，写卑鄙的面孔和高尚的无奈。一字一字地写，这次，革命家的名字不是草莽英雄，他文化人的身份起源于对噪音的反感。人类可以不说话，世事如何让大家去读。

文字的祖先是记忆中的仓颉，耳语或者大声地训斥是否劝降人性的恶，他把细节变成符号，神的手比画天比画地，用一个字取代鲜花，用另一个字表达稻谷，美与温饱之后，用一组符号叙述天下，字难写呀，如同妾难做。词要达意，笔画要工整，多余的墨会成为涂鸦，歪歪扭扭的笔画暴露人心的曲折。

尽管我仍会写错冷僻的字，尽管面对大千世界常常一笔难尽，我依然追封仓颉为王，他让官不能麻木，否则就会对他们盖棺论定；他还让歹人远离刀刃，否则他们就死；仓颉还用文字把司空见惯的话约定为成语，比如你过分地仗势欺人，他用如下的文字做注脚：多行不义必自毙。

仓颉造字后，在旷野中，他说：千金易得，一字难求。废话和谎言怎能逃脱白纸黑字，你如果想欺世盗名，在岁月的审判前，必须先立字为凭。

菩萨的话成为语录

因为广泛的爱，从五十岁起，我决定不嗔。

地面上的复杂背景宏大，沦陷或者隆起，我保持冷静，不向观世音菩萨忏悔。向菩萨学习，我要对万物都有感情。原谅没有抽穗的禾苗，原谅迷路的人投错了客栈，原谅那些坏人在幡然醒悟前写脏了他们的名字。时间可以绵延成一串碎云，风吹走的是已经发生的往事，更厚的神秘和启示泊在高处的问号里：你要求生命是空，就问自己为何携带芜杂的物质行进？你如期待生命是实，可再问自己为何介意无谓的虚名？

我向菩萨坦言：这一辈子我只能是俗人，因为我有爱情。我内心从容，因为我以爱情的方式爱我的同类，也爱蚯蚓和蝼蚁。爱雄鹰爱绵羊爱人间虎豹，爱家爱到四海。

我难过的时候独自难过，比如鲜花没有开遍大地，比如田野里的稻谷枯萎，比如依然有人不说人话不做人事。是的，我好想改变这一切，力量苍白时，我便祈求观世音菩萨拈花之间就能让人间春风怡然。

坎坷不怕，忍耐不怕，既知天命，我便不念咒语，我念心经，观自在以走人间正道，希望，我决不放弃。阿弥陀佛，不是用来搪塞罪愆，你看，祥云在天空仁慈，我们鼓足干劲，只为了未来不再恐惧。

围　棋

执一枚白子，堵上自己一条长龙最后的活命空间。当战场被清扫，硝烟止于空。四周是黑色的力量，极似死亡之后无边的黑暗。

而生机始于不起眼的边角，中原失守了，我依然不认同全军覆没。我是一个打不倒的人，欲望缩小，不是溃退，而是让一个角落重建生命。活命的土地不大，容得我立足，天空不要过于辽阔，留两个小孔即可。

不大的土地只需长出三百斤麦子，温饱之后，栽上竹子数株，松树一棵，冬天再开放梅花数朵。有一石桌，黄昏摆茶，夜晚放酒，墨一碗，毛笔一支，我想写什么就写什么。世界风云尽可变幻，老子从正楷写到狂草，必要时用红笔给所有的丑恶和仇恨打×。不写苦，只写有意义的甘甜，即使我有千百种理由绝望，我也要祝福万物苍生。至于两个小孔，一孔留给活命的呼吸，一孔用来经天纬地。一切的天机从地面长起，比如向日葵，头颅只离地三尺，光明却高远在整个天穹。

围棋里哪有真的战斗，在这虚拟的沙场，被围到绝路，我不会投降，如果慷慨赴义是个英雄，我有当英雄的理想；说到声东击西或者趁火打劫权当善意的幽默，会心一笑恩仇皆泯。别人自可拥有开阔地带的风光，我只需一个小小的角落。

　　一个小小的角落，也可以蔑视整个江湖。

存在与虚无

风认真一吹，我们就不必一脸雾霾。

实在的东西留在原地，虚无属于漂移。这样的定义并不准确，因为你站着，梦想飞向四面八方。

即使，天空遣来雨水做说客，我也要说：梦想是风吹不走的坚定。

我在冬天即将过去的南方，看阳光晒着一片树叶的正面。叶子的背面确实永远翻不了身，它待在光芒的下面，承认世界真的有一面被光明呵护。

失恋的人也不能怀疑爱情的存在。

因为一片叶子不能推翻一棵树的要求。

所以，存在不是一个点上的世界观。它有正反两面，它是原地厮守和西出阳关的辩证法。是南方与北方的和解，是爱时刻准备着失去爱。如果你想坚强，是失去了爱依然不做一位向仇恨报到的人。

冷静的人不急于说出虚无。

你要经历热爱然后被背叛，你要感受从光明被抛向黑暗，你从一片棉田的主人成为冰川上的陌客，你从真理的裁判者被流放到有口难辩。

心上人在我的身旁，心上人又在远方。

我因此不说爱是虚无。

我只说真实。

真实很短，虚无很长。

不卑鄙，不高尚，只是风吹走雾霾时，存在里发出一声惆怅。

我在黑暗中继续写诗

黑夜说：要宽容。

所有的灯光随后熄灭。

我的孤独需要训练，诗歌比黑暗更加孤独。

蝗虫吃光了苞谷，它们感叹土地的贫穷。黑暗没收了它们的眼睛，我不能为它们写诗。

光明里的人云亦云，我要提防把诗里的抒情用错。哪里的泥土让树木开花，夜莺就应该歌唱。宵小的人在黑暗的远方，他们滥用着光明。他们让你走近，然后无视你，世界如果不倾斜，那是因为你从来不惧怕卑鄙。

我继续写诗的时候，已经不虚荣。

当学问里没有了人的骨头，我不写谄媚；当计谋远离了人性，我不写叹息。

我写黑暗中的原谅，写早就决定好了的坚强。

倘若还要写下去，就给漫无边际的自由写下几条纪律：如果遇到黑暗，即便是天使的翅膀也要首先写下忍耐的诗行。

烟花之夜

夜晚，北风呼啸而过。

留给这个庄园的是烟花绽放后的味道，总有一些特殊的时刻，人们聚在一起，制造硝烟。

时光如沙，它认真地与每个人发生关系。

指间漏走的成为往事，我一边看天空中烟花的绚丽，一边握紧右手，我要握住一点旧时光。

握住泛黄的照片，相爱的人牵手，街头的十字路口，不彷徨只期待，红灯总会变绿，青春定然一路走过来，走到这个夜晚，看天空的硝烟纪念真理。

硝烟是良药，专治麻木不仁。

一个人远离另一个人已经很久了，如果硝烟能够让我们集体地仰望，我会从此记住人性里的这一次火树银花。

广场是城市的自信，它反对人们在自己的灯光下各自为政。

烟花绚丽，我是人群中的一员。

北风想冷，我愿意热烈。

泰山与日出

可以登上绝顶，但别的山不小。

一切的往事留在山下，在高高的山峰上，我们只面向未来。未来是永恒的提醒啊，心里只有自己的人，一定像山头松动的石头，也许一阵轻风就让他滚回原地。

忘记曾经的惆怅，惆怅里故作玄虚的脸，你在充满灰尘的地方因为灰尘的赞美而喜悦。我此刻想到的是未来，未来正和初升的太阳一起问候我站立的山峰。

山峰有伟大的名字，它是泰山。

雾仿佛日出时的考验，一些人中途回去，看不到日出就不能留在山顶？我骄傲，我是留下来的人。我爱雾中的信心，边上的树伸出手臂，它想握住太阳的手。我也想握，握它永远的升起，握它的豪迈与坚定。

我非常想表达我在高高的泰山顶看到日出时的心情，心里应该只有太阳，夜的暗与暗中的故作聪明成为我必须鄙视的内容。

在泰山顶兮，我在，众山可以不小。

这里的日出不允许利欲熏心，也就是说，对待万事万物首先需要彼此尊重。这一感悟让我有勇气与龌龊的人远离，我呼唤的庄严在高高的泰山顶上。

泰山，爱在高处。

我是不会恨的人，在泰山，所以我不能低。

同时不能低的是刚刚升起的太阳，它红，红了山上，也温暖了山下。

山脉 K 线图

　　我仔细地看这段山脉，左高右低的时候，我决定翻过一道山。

　　夕阳照向东边，飞鸟的翅膀被阳光镀红。

　　我在山的这一面再看。秋天的形状除去落叶，我看到红枫的表达。山形左低右高，关于未来的走势，突然发生转折。

　　有人在春天投资，持有成长性的树木，有人在夏天最热烈的时候撤退，他们误判山脉的坚定。

　　右边最高处，我看到一簇簇枫树红得让人惊喜。

　　只有会看山的人，才能忘记深渊。

　　投机主义者摘下金黄的柿子，他们走进谷底，在山溪边散步。

　　在山谷看山脉，峰峦叠起的景象使我警惕股票的 K 线。岩石挺拔，这些土地中最坚硬的部分用一寸寸的身体买进高度；山形严重下切时，石头们没有团结在一起，这个时候，总有山溪流过，为了行人不遭遇悬崖的绝望。更多的情况下，山脉连绵。起伏，如同日常的人群。我在别处曾经看到大大小小的山洞和山体被剥削的模样，我痛恨老鼠仓和人为的灾难。让山脉自由，即使暂时的深渊，对面，依然是另一座山拔地而起的信念。

　　文字写到这里的时候，已是山谷的子夜。

　　我以酒代茶，走出房间，站在山谷安静的黑暗里。

　　一抬头，望见山脉省略一切色彩斑斓的气候，它黑魆魆的影像是夜晚里多么坚强的存在。我只看它的最高处，然后看到满天的繁星。

　　真正的 K 线是山脉的脊梁，它在光明里，更在黑暗中。

　　它在牧夜人的心上。

让我们一起执灯而立
——观戴卫国画《执灯的印度老人》

还有多少夜路需要我们执灯而行?

可以吹灭一盏灯的气流要认真盘点:被春天懒散的柳枝甩过来的细风,从深秋枯树的落叶上一跃而起的坏脾气,冰面上溜达而来的寒噤,这些都是一盏灯可能面临的危机。

一盏灯存在的理由应该是充分的:比如黑云压城,比如伸手不见五指。更多的情形属于日常的叹息,它们慢慢变成心底的阴霾。

那些黑暗了自己的人,来吧,我为你提灯。

我把戴卫画中的老人重新规划位置:恒河的彼岸,其时,正逢黄昏星在天空亮起。

无数仍在此岸的人,晚风吹响的河水是生活中怎样的声音?

如果四处张贴的承诺不能安放他们的心灵,请准备好下面的夜路:划动生命之舟,彼岸有一盏灯,它不属于虚幻的光环,它是人们黑暗中的方向。

其实,画中的印度老者可能就是我们生活中每一个长者,他们将沧桑刻在自己的额头,谁在迷途,灯光就为谁而亮。

假设的位置也许不是恒河，可能是虚实之间的沙漠和坎坷，如果年近花甲的我也会迷茫，我就把这幅画认真收藏。

深夜，我站在画旁。

当夜色如此庞大，一人执灯是不够的。

我愿意是又一个善良的人，手里捧着一颗能够在黑暗中发光的心。

壁前心语
——观戴卫画《达摩面壁》

面壁岂能只为思过？因为人生最好无过。

墨写的文字如同神谕，神谕成壁，我们这般平常人，都曾经做过壁前人。

达摩是面壁的先行者。

壁上文不能生硬冷僻，繁体字不宜过多。

把常用字选择好，它们有着芸芸众生的体温。如果写成一篇文章，文章中定能读出田舍、稻谷和麦地。读出声来，人们听到了蛙鼓蝉鸣，其时，鸡犬相闻。假如遭遇黑暗，豆油灯和萤火虫仿佛发光的蝇头小楷。

达摩面壁，思绪万千。

佛语不诳，从此不再缅怀落叶，不再让众生寂寞如圣贤。

照亮新绿以佛光，壁上的常用字随意组合，每个人都把日子写成生动的人间烟火，每个人的生命都没有轻易地虚度，并且叹息。

达摩面壁，戴卫作画。

我是深夜的饮者，我也面壁。不为留名，只期冀在寻常的街头巷尾和野径垄上，留下我的足迹。

断垣上的掌印

风攀过断垣，呼啸而去。

初冬下午的阳光调整焦距，我看到一枚掌印深嵌在墙壁。

时光里总有一些烙印，它是无名者留给未来的旗帜。

掌上的生命线长而散乱，虽然生活注定充满艰辛，但平凡者意志坚定。智慧线和事业线已经模糊，这验证了历史档案中永远有一部分内容属于沉默。

它的爱情线被阳光照亮。

我一直相信，真实而生动的爱应该在这样的人手里。

城墙中那些与功名利禄有关的构成，是已经坍塌与风化的部分。

凡举旗者，在冬天请来这里。

看看被阳光照亮的这枚掌印。

雨中观蒲

蒲草到了七月，抱槌而立。

什么样的环境让草一样的植物心如铁杵？

太阳当道的时候，蒲槌的结构一个月后就露出真相。它们其实就是一粒又一粒的绒毛，柔软、胆怯和分裂，它们是空气中飘浮的絮。

七月末的一个被雨水不断梳理的下午，在湖边的水洼，我凝神看蒲。

这些大草，走出通常的匍匐。

风雨交加之时，它们抱槌而立。

解构后鹅绒那样的柔软，一抱团就是坚定的信念。

在野僻之地，安静的猛士怀揣蒲草之心。

我是谁？

雨天的一个观蒲人，他发现了蒲槌的本质。

黎明的心

任何黑暗，都会有坐在黑暗中的人。

你是否有明天，取决于你是否具有一颗黎明的心。

八月的第二个凌晨，闪电在窗外舞蹈，雷声如重锤击打着沉闷的夏夜。

此刻，我灭灯独坐。

那些漫步的，蹒跚的，疾走如飞的，都是我在白天看到的行走方式；

那些开花的，结果的，以及被不断修理的植物篱笆，事物在各司其职。

远处田野里的庄稼和粮仓在交谈，我愿意被我看到的一切鼓舞。

在黑暗中，我想着自己没有看到的人们之间的互相热爱，它是密不示人的铭文，是黑暗中的力量。

是的，闪电是黎明的引信。

多年以后，我会记起这次黎明前的独坐，

雷雨交加，这是每个人一生中必须经历的考验。

叩 问

——观戴卫写生《老衲叩钟》

我佛，半个世纪为你劳动，不为别的，我只想借你的钟每日三叩。

你的钟是人间与佛界的边际之物。

三分之二是青铜，三分之一是锡。

按照材料学的日常应用，它可以是另一把古时的剑，或者是装饰性的器皿和实现寄托的礼器。但你是我眼前的一口大钟，是古刹每天必须发出的声音。

寺庙是人间走向佛境的媒介，铜钟是媒介之媒介。

我是一个年长的劳动者。

我要每日三叩。

叩呈人间五味的真实，让佛永远是正确的知情者；叩述人与人的差异，除了高尚和卑鄙之外，更多的人只想寻常地活着；

第三叩，我想听听你的声音。是不痛不痒的普遍的道理，还是对劳动者必将实现的回报的承诺。

我叩钟啊！

在我坦承了一生的言与行，最后的钟声就是我的叩问。

天欲晓，艳阳把祥云画在人间的头顶。

我听到的是这样的声音，佛知否？

老树皮的两面性

老树皮应该咬紧牙关，一棵树的未来在于它的内生长。

岁月的老脸皱纹斑驳，衣服的旧线头提醒着韶华易逝。

树的内部表现仿佛不知不觉中年轻人已经长大，一些老树皮因为忘我地慈祥而被人们尊重。一些老树皮认为自己就是树。

树干的本质因此就要服从于形式？

抱残守缺和老气横秋结盟，树皮的自觉一定要交给刀斧的砍伐？

对年轻的生命祝福吧。

过于沧桑与过于经验，这是老树皮的两面性。而晨曦终将刺破夜幕，太阳会从容升起。

谁是真材，谁是实料？

生活的用途将会轻易决定。

冬　至

冬天真的深入骨髓了。

在与兄弟们把酒言欢之后，在结冰的湖畔，我想给生活记录下沉默的祝福。

祝福未来的日子，守住从前的真实。

时间是什么？

我把一块瓦片用力甩向冰面，坚硬与坚硬之间的快速滑行，彼岸竟然如此可以试探。

冬至的语言其实也是滑行一样的简单，朋友用焐热的手隔空握紧友谊，希望生长在冬天的深处。

当我说时间就是瓦片在冬至的湖面上飞速的滑行，谁在回忆波浪？谁在聆听刹那间就抵达的希望？

然后，我在石凳上坐下。

这沉默的苍茫，这让湖水结冰的节气，一个对生活有很多态度的男人，他一言不发。

他点燃一支烟，星空下孤独的燃烧拒绝多余的话语。隔空呼应的彼岸，应该感谢冬天的冰，它让距离简洁成滑行的优美。

所有的春暖花开，必须先通过冬至的考验。

魂的标本
——观戴卫写生《建昌古柏》

茂盛的枝叶是多余的，可爱的松鼠和传说中的凤凰是多余的。

生命的丰富已告别青春期的生动，比天空还旷远的岁月，像被汗水浸透的毛巾，生活中的各种力量把它拧紧后，便是我眼前这株古柏的腰身。

被拧干挤压的身躯，它的右侧顽强地绿着活下去的希望。它左侧的枯槁是朽烂的惯性，它终于没能笼统地总结生命。

"生命经常会遭遇这些，历史的和现在的。"

"我就是这样和光同尘。""他人眼里的沧桑，正是我千年的智慧。"

当我读出古柏想说的话，画家戴卫已经用水墨把它的魂制作成标本。

我承认自己需要这样的标本。

提醒也罢，激励也罢，人过中年，一株古柏是我的宿命，更是我的榜样。

后麦子时代

阳光参与后，还是大片的麦子更为壮观。

空气在麦芒上喊痛，麻雀在上方欢呼。

麦子熟了，土地可以述职。

毡帽形状的粮仓开始被主人精心维护。

近处和远方的面粉机准备否定每一个麦粒的独立，大家庭似的面粉有着非凡的可塑性。

田野、犁沟、播撒种子的手臂；

冬天唯一能够绿的庄稼，八哥鸟欢叫出人间的收成；

旱烟、农人的脸及皱纹；

当我试图还原这些，我其实已经是面粉机的同盟。

在后麦子时代，生长的过程被忽略。

面粉是一种食粮，从麦穗上走下的麦粒，它们必须磨碎自己，必须重新彼此热爱，然后必须混合。

黄河流过石嘴山

真正的名嘴能够咬得住所有的辉煌，然后，它的语言是启示般的缄默。

当地形状如镌刻的嘴，往事里一直昏睡的平凡终将开口说话？

石嘴山屹立在黄河岸边。

两侧的山脊被正午的阳光照亮，它们是石嘴山醒目的法令纹，岁月的沧桑在左，生命的荣光在右。石嘴一张，悠悠的黄河水便是我眼前最伟大的舌头。

贺兰山下劳动的人们，请接受柔软深情的吻。

石嘴说过的话要在风中寻觅，声音清脆或者浑浊，需要在黄河的波涛中分辨。羊群攀向山坡，老鹰飞翔在额际，麦田边村庄的炊烟持续地向天空传递人间的消息。它们都是石嘴山语言里的核心要义。

依旧还有许多未及说出的话，它们是一条河源头高处的圣洁，人间未来的语言，冰川终将融化，河水还将流过石嘴山。

人图腾

先是风起云涌，然后归于一个人的平静。

石头从山顶滚落的时候，有人欢呼，有人惊悚。

关于人的图腾，我希望眼前有人用古铜色的手臂去托起它。

手臂上的肌肉暗示着平民的力量，血管内流动的是真正的奋不顾身。

图腾后的生命就舍生取义了，万物就都在身外。

一个人的平静，在谁也不能忽视的人群中才能验证。万民之生，必有图腾。

玛尼堆是图腾的基础，一个个石块彼此终于遇见，天下苍生互相搀扶，经幡飘扬在玛尼堆上。长风阵起，经幡演绎着风云的形状，更发出时间才能听懂的声音。

苍生图腾，神会自惭形秽。

哑石的诗

哑石　1966年生，四川广安人，现居成都，供职于某高校经济数学学院。出版诗集《哑石诗选》(2007)、《如诗》(2015)、《火花旅馆》(2015)、《FLORAL MUTTER》(2020) 等。

一种诗观

哑石

百年新诗话语实践，伴随着社会文化风云嬗变，深度牵连于这片土地的希望、跌宕与挫折，一代代诗人艰苦卓绝的努力，顽强地为现代汉语诗性内核的生成和拓展输送着精血。也许，在一定程度上，我们仍处于一百多年前新诗不得不出发的"开端"之中。当下汉语处境，其微妙性和复杂度，包括某种新颖的急迫感，并非哪种现成理论能够全面有效地廓清。另一方面，百年新诗，尤其是前 30 年后 40 年，已经毫无疑问为我们贡献出了星群般杰出、耀眼的范例，譬如现代性言说主体的探索与技艺、历史想象力和感受力的独特个人方案……置身于如此展开的语言星河，作为一个写作者，我真的能感受到现代汉语如麦穗一般籽粒渐渐饱满起来的尊严，并有望随着写作的一步步积累，时不时去触摸、刺探一下其涌动中暗布的悬崖与陷阱。

我相信，新诗的所谓本质，不是先验地被某种优势理论所规划，而是在一代代诗人手中生成并逐渐开阔；那些优秀诗人的嗓音，正是在与时间的对话与博弈中，镌刻出了新诗那"纯洁一个种族的语言"的伦理及美学面目。当下全球语境的资本逻辑和信息技术爆炸，挟裹着地方性文化深刻的撕裂，不仅考验着现实荣枯中个体的人性，也具在地考验着汉语新诗触须的灵敏性，以及自我塑形的心智。也许，这种考验，将长期存在，它需要我们这些从业者，放下个人成见，更谦卑地锤炼语言内部强韧的有效技艺，繁灿不必自谓开新，逞灵亦需界限自警，捭阖沉着，以对称于精神生活的真实处境。我曾在一首试图谈论诗的小诗中写下这样几句：

> 相较于青枣的脆，无论是口感还是
> 音韵，"她"都更想锻炼其柔韧。
> 汉语新诗，谦卑于消化汹涌的问题而骄傲
> 于标准，曾完美、精深的标准——
> 或许，纠缠于诗好诗坏已是无聊斜枝，
> 羞耻愈加宽大，冒犯中，修辞树立诚恳。
>
> （《诗论·57》）

是的，在对当代杰作的观摩中，除了学习所有写作必然要求的诚恳、自省，我还明显感受到"冒犯"作为当代新诗的内在属性。冒犯自我，冒犯让"诗中仍有大量鬼魂"（《诗论·60》）存在的某种暴力的幽暗。这种冒犯，钟情于文明，有幸得到精神和技艺的双重淬炼，让汉语呈现出清溪涌流中星光的龙吟。

创造性的诗歌写作，内蕴着一种深刻因而不会被轻易捕获的自由。是的，作为语言世界的公民，我们仍然在路上。希望自己在行进过程中的种种的努力，于时间无声而严格的拣选下，不至于让自己过分羞愧。

匿藏地(17 首)

我力量的匿藏地

似乎开着；我接近，然后它们关上

（威廉·华兹华斯《序曲》）

勾　当

这季节，已有两位朋友说：
诗，应写得一意孤行。
这是初春，乌有给我们凉滑的鱼鳞。

划水，何以集中精神？
你听：窗外鸟儿呱啦呱啦，
枝头蓓蕾呜哇呜哇，
对对可人儿啪啪啪……

岂敢素描天上云梦般映照的事情！
但总有人，喜欢些甜心勾当，
你唇上的绒毛，静如湖光般醒神。

如此春花，云舌含我们热滑的鱼鳞。

(2017—3—10)

寄　语

今日，愿正直者皆有好去处。

集束的玫瑰花。侧旋花瓣。微光的
橱窗沁出层层蓝色水雾——

门铃频打响指，妖姬被物流欢畅运输。

写不出诗并不可怕，让人惶恐的
是选不出分量恰切的礼物；
泥，腥味，但看时代的嘴唇吹鼓于土！

今日，愿心慕通灵者皆有异能，
笔筒要闪光：身心的名称，是同一个。

朴素者爱山间溪流，如你如我。
脊椎之蜿蜒中，摸到细小的接骨木，
它缝合，命名梦中白光的旋涡。

但愿，回顾今日，一种低伏的
咆哮，已被幽暗，犁进了语言之中。

玫瑰的今日：对将来某个时辰的回顾。

我活着，便注定有一种爱被禁止，
想到这，耳垂急速分泌出绿色汗珠。

(2017－2－14)

夜的对句

微雨润物。雾从夜的筑基处，
夜的缝隙处，拖拽出另一个"我"。

你整夜醒着：刀片立裤兜里。

尚未开始的路，名唤"如何"，
鹰羽呢，顺一根磁力线缓缓滴落。

光液，反旋花茎，捧出远星幽浮。

我知道，我在不断失去"我"，
但有人颇具才华，譬如，
焰丝在墙角的阴影中，雕刻露珠——

动用朝霞之溃败，邀请了青龙、白虎！

(2017—10—9)

别　声

凡寂静之人，总有某物与之相称。
一个年轻人，天府广场旁买菜、
走失，你诗行间，瞬间浮现微型漏斗，
或者，一根电线上的雀鸟集中营。

白鹤的名字，缓缓渗出细瘦雪意。
若真存在过，你，就有能力
调动遥远事物通过韵律的舌头发声。
就此，地铁里，悬浮一颗黑色砾石？

事实是：每一瞬，我们，都在与
簇拥欢乐的手臂挥别，忧伤如此之多，
难以计数，以至于它们，落叶般
堆垒起来，成为你越来越暗的肉身。

有时，几乎要拖拽着整个地底，
同语法讨价还价。青年，从裤兜掏出

白陨石，一朵朵追债的银色火焰：
摆鱼尾，刷屏，炸裂于肮脏的水印。

"自由"犁开地表，晚霞的世界
不免哽咽：语法来不及平衡审慎，
以制服眼中碎云——用体液，暗藏
顿挫、惊慌，以及，野蛮积累的血腥。

竹条筐，菜农的豌豆苗颤摇嫩绿
卷丝，给诗行裹一层薄雾状氤氲。
我们，将在比寂静更深的某处，走失，
彼此遥触，赋形眼眶里釉质的灰烬。

(2017—2—25)

173

晚　餐

一枚煎蛋，一小捧豌豆苗，一撮
午餐剩下的肉丝炒木耳，放在半钵滚沸
汤面中，成就我今日的晚餐——

一个人，端坐餐桌边尽情享用，
入喉滋味响亮，胃里也柔和、温暖。

餐前没有教徒的祷告，更无柳丝
心忧天下的摆拂。吃得那么认真、投入，
仿佛双手已合十，万籁汇聚舌尖。

餐后，把那钵子洗得雪一样白时，
猛然意识到，这吃相，真有点孤身犯险。

（2017－2－25）

仿佛醒来

请对每天能醒来保持足够
兴奋。地下车库的微光，
轻旋，阴凉，凝定。
观察，牵丝所有形式的构型，
匀质之漠漠，逐渐胀起
蜂鸟般悬停的流线型尾翼。

昨夜，当有某物静静涌回，
拜访无名身躯，你我
似乎已然弃绝世界的侧翼……
此刻，睁开的眼睛，无疑是
重新激活的偶蹄类星云，
枝条上，螺旋交互而甜蜜。

我们，经过重置，竟然
保持了凝视彼此源泉的好奇。
花枝牵丝般涌向大街，

抛掷花朵、叶蒂：似相识，
却只可借助鸣叫的触须——
小车钥匙，插在新鲜锁孔里。

（2017—10—1）

无 题

她把烟头掐灭在烟灰缸里，
她舍不得去睡而正适宜睡。

秋日味醇，月色铺匀偏僻
屋顶上最为"神秘"的白磷。

还有比她身上蛮族的气味
更让人心碎的吗？不，不……

露珠。那个禅杖男人，
此刻微微动了流光的小心思，
像春，仿佛动了一丝，春。

（2017—10—13）

相　信

相信圆乎乎少女脸，相信纯洁。
午后街头虚影下，水汽就是圆形的，
而一个时代的黑暗，则是矩形。

为了能使地底下涌起的力量，
咬噬树芯，雕出微颤年轮；
（不咬什么，齿间也会残留枯腥）

更为了，数代望气者广博的无聊，
声声更漏，恰似圆潭深处，
幽缓，但又坚定潜泳的青灰鱼鳞……

无论如何，我们，依然保持了
锥体的形状，并相互辨识。
你从某处来，似乎嘴含一份前生。

对不起，有时候，我会梦见

一个异族少女，正从你瞳孔敲下
鲜红冰碴，而你，一直在寻求感激。

这是街头，地铁，刚刚拱出地表
张嘴哈气，借机吐出你；脚下
盲道，轻轻抬起天际线晚霞的鞭痕。

好吧，就约在圆弧里喝口热茶。
紫亮乳晕的少妇，扭腰研磨点啥吧，
且让鱼和水互漩，忘却彼此伶仃……

（2017—11—18）

混吃等死篇

自从肉体品尝过它的绿垂丝，
我们，就一直把这当成
某件独属于"我"的事业来经营。

唯有你快乐，涌泉方能随心。

毕竟，任何人都将于迟暮的
分解中撒手：斯物闪烁，
至今仍没人配得上那浩渺、逼真！

腥甜柳叶。死，是我的轰鸣。

尴尬的问题是我们都长出了
隆重的鼻毛：长身而起，
引力波弯曲星球幽冷疾速的滑行。

（2017—10—30）

封

密封之物分布于走过的
道路两侧。树梢、头顶，
抽出白色细碎花束，
不能触碰，不可触碰。
白头翁，已活到怀疑记忆的
年龄，向着晚霞倦意地
卷回花束。当然，困境是
机缘，每一刻，你都被
锁进因抚摸而新鲜的隔离：
外人看上去像画上星辰，
它强壮，从来都是一个问题，
肉里酸涩，维持着安静。
那些振响于未来却又
死在过去的事物，是靠
什么样的力量解封呢？
我的朋友，刚从大洋那边
归来，就急忙赶回老家

盖房子，为留守那里的老人，
为自我摆渡的潮湿影子。
作为一个青年访问学者，
很拉风，又看了些风光，
这一年，他积累了汗水数吨，
他加入的、裹着夜行衣
披头散发的洋流，模仿了
被斩首的蜂鸟的意志，
而倒退着悬浮的粗壮磁针，
打算用棘刺，密封一些事情。

(2018－7－31)

短世纪

世道运转到今天，每一回乌鸦
和夜莺的描述，都呈窘态。

太泛，不能精确具体；又太窄，
总有陌异经验逸出沙盘来。

线偶脚尖里格嘟，人需要
新引线，引流"绿宝石"的甜。

如此剧场，哪能描述落日舌根下
那粒小药丸？顾此失彼罢了。

是的，我是说没有谁能在水面
照出一个形象！每次行动，

都像听风者执迷于涟漪的妄念，
暴蛮却骑上新桅，浪花上

推演小概率事件。似乎抵押上了
滚滚人头，就有新的一天？

我相信静静饥渴依然是旧的，
压舱石沉在水底，悲伤起伏婉转。

（2018－8－3）

感谢万有

感谢万有，每天早起之后，
可用凉水把脸洗干净；
即使最落寞的时候，我们早起，
先于眼睛用途醒过来的，
当有热气隐隐粗朴的事物。

这路口，往左进城的地铁站，
从地下连接了此处和市区
的繁复。这几日，她总在拐弯时
遇上几个工人往右，他们要
去工地搬砖，神情微倦而抖擞。

错身而过时，她几乎就要
挨上其中一位黑红的肘尖。紧身
短裤裹着迷茫的大卵，汗气
涌过来，追上她快速弹开的脚步，
她，和他，几乎都没有回头。

"但愿我是裹住迷茫的丝绸"
她往前蹲了一步，一股温热溪流
流下来，膝盖颤了颤。"感谢
万有！世道艰难比铁还硬，
人间，仍有隐秘忠于自身的事物。"

（2018－8－4）

切　片

时光的一个切片。在即将
动身去某地看盛大烟花表演前，
我们约在人民公园喝盖碗茶，
聊许多事情，尤其是那些
避不开的，包括诗，如何
成为音韵对时代困境的反击；
包括某个意象，因为滥用，
大家厌弃，但它已然具有魔兽
的意志……我们都熟悉
黑暗铁砧上水雾发出的嘶嘶声，
故而不去谈论目的地。你曾
起身，从颤动空无中撷取一小段
乐曲递过来（没听过的），
看见你嘴唇鲜艳得如同沙漠
玫瑰，就晓得，你该拥有
锦绣前程：涅伊兹维斯内遭遇
的事，我们会陪同毛驴再度

经历。夜色，瞳孔中扩散均匀时，

我已在震颤着回家的地铁上，

对面坐个少妇，那烟熏妆，

简直就是从你脸上复制下来的。

一双隐秘的大手在归类，

一个集合，移动着将陌生的

不同去向的人集合于地下轰鸣。

作为一次潜游，它暗示了

对你观看，或许因为日光的

涂抹，会生出内部反转的脾气，

但这，并不能排除你我此刻

莫比乌斯带似的友情。那个

少妇比我早一站下车，她抬足

跨出地铁车门时，足踝上

刺青飞起来。一对星光翅膀。

是的，我知道，正因为这

偶然的相遇，更多的相互陌生，

她比你我更了解目的地何为：
家园在"沙漠玫瑰"中解体，
汗水混合血水，从沙堆渗下，
我们，还原为无人认领的散失，
铁砧黑暗而火红，腾起嘶嘶水汽。

（2018－8－7）

对自恋者生日的形而上批判

生日。危崖入流水的管弦乐。

你得有复数的身躯。
悬停的。铜管的。

请分身一桌抛掷礼帽的餐具。
谁在揉弦，石膏像斜睨
淌出个大我又分分钟"翻船"的你？

阴　历

早晨起来，觉得瞳眸上又有
细碎的鳞片。亘古的
无物，新生的傲慢，心物
纠缠中吞吐着，舐舐墙角亮斑
晦涩的甜。光，依然是
可信赖的朋友：自窗缝处，
放射着，照耀我拐进厨房，
为自己准备一顿早餐。
不小心左手摸到汤锅的金属
边沿时，竟忘了，它已被
火烧了许久，一道白色灼痕，
烙在我食指指肚上面——
"吱"的一声，一个瞬间。
拧开水龙头，凉水，从不知
究竟有多遥远、深邃的
黑暗管道中涌出，冲刷
颤抖的指头。就那一瞬，我

想起：今天，是我生日。一个
我和这世界相遇的纪念日，
一个想要去喂养自己却
操作不当的日子。这一天
该嗅着薄荷研究星辰聚变律？
曾经，某一年的生日，
真的忘记了自己，头顶
街头汹涌的溪流，在礁石旁的
沙泥中捕鱼。当淡青色
渔网从她翻波戏浪的腿上褪下，
我就知道天穹会白夜一闪，
那条摇动地基、又处处
隐匿的大鱼，将翻身把我吞噬，
并潜回一个个白昼水底。
说起来，这应该是我和即将
到来的夜晚最初的约定，
更无疑的，光，将继续是我们

一个时辰，读这破诗……"

"催命鬼，挖胸中攒得嘎嘎响的沙砾!"

（2018－7）

春　宵

爱的神秘在灵魂中生长，
但身体仍是他的圣书。

　　　　　　（约翰·邓恩）

＊

你颇有阅历，可随时邀请
绿犄角的迷途者缝制身上的湖水。

枝枝默语、透明的松针，
薄薄皮肤下游弋。

它们射向饥饿中“善”的不同窗口，
仿佛不朽，问些荡漾的问题。

而通过卷舌伪装波纹的扩音器，
将被允诺看护这皮囊之新；

云端，监控数据半弯着腰，
横躺的孤眸，一块风中发蓝的冰。

　　＊

给魔鬼的英雄气度抹点黑，
这行为，有必要借点纯洁来掩饰，
仿佛时机与暗道串通好了的。

暗自吹灰的柳丝有看不见的
湿鼻头，此刻，如果还
有点冷，那说明爆睛之事将要发生：

晨昏易装的少女，特别适合
飞智能泡泡，再譬如，
龙换气，晚霞，滴下传奇的淤泥。

*

玉兰吐白，团身油脂，椭球形状则卷绕了春饼。

朋友们，嗬，朋友们，快来吧，
削了发，赶赴聚会，恢复一小滴青山秩序。

我们皆不善饮，口渴就在舌根处
搁一粒海盐；荆棘丛知晓
比自己高明的人，造访过波浪状的这里——

但咸水的舌头也认识几个汉字，
其透明瓣膜，快递给
风面浪起的眼形分枝晦涩尖利的争吵：
亲们欢天喜地！聚会的农家乐，名"蒙氏叫花鸡"。

*

大概没人，能数出一个夜晚

你的梦与梦之间，有多少缝隙？
我也不明白，上一刻之我，
怎么一个跨步，就到了此时此处。

你，习惯把一个一个石子，
堆垒成圆锥形，摆放在
丝蓝水雾浸润、颤摇的大书桌上，
希望这空间，隐开细小螺旋。

人的一生，总会有些曲折，
夜，递来养心者的吸管。
就算看不清，也总可从眼角
吮吸出一溜烟喜鹊、一粒粒海盐。

永恒寒冷，数字表情模糊。
当偏振光从卧室薄薄的星轨
旋身归来，花纹刻在了你手臂上——

爱，映在无形开出的枝条上。

如果是春宵呢？融化掉的
事物，比缝隙更为逍遥。我们
信任银河边缘咕咕鸣叫的水鸟，
你我的神秘友谊，有多少，算多少！

(2018－2)

梁晓明的诗

梁晓明 1963 年 5 月生于上海。3 岁后长于浙江。1984 年开始写作。1988 年创办中国先锋诗歌同人诗刊《北回归线》。已出版诗集《印迹——梁晓明组诗与长诗》《用小号把冬天全身吹亮》《忆长安——诗译唐诗五十首》。现居杭州。

诗 观

梁晓明

【九句话】

1. 我曾经喜欢美国诗人罗勃特·布莱的一句话，他说他最终理解诗是一种舞蹈，他这样讲，一定是基于创作的快感与审美的考虑。我现在觉得这还远远不够，因为这个理想逃离痛苦、害怕、矛盾和启示，我现在很难想象真正优秀、伟大的诗歌会缺乏这些因素。布莱的理想美好、纯粹并且迷人，但随着年龄增长，我觉得他单薄和片面了。

2. 我希望找到的每一句诗、每一个字都是从艰难生活中提炼出来的一串血、一滴泪、一段梦想，叹息和惊醒，它必然充满沉思、向往、深入人心和现实存在的反映。它是生命内在的视野，是一种经历、体验、观看的沧桑与总结，在总结中发展，开阔新的存在与启示。

3. 我现在反对辞藻华丽的诗，那是制作。还有浪漫的抒唱，那是人生的泡沫。最后是才华横溢，这个成语误导和害死了多少本可以成才的青年诗人。

4. 情感，这是一柄两面开刃的利刀，幼稚与不成熟的诗人很容易受伤害。为什么我国许多诗人和许多诗，都把情感当成了生命的归宿、诗歌的唯一家乡和源泉？这恰恰是一种障碍、一块挡路的巨石，在此，多少人将诗歌转向了发泄（正面的和反面的），又有多少人青春的才华一尽，便再也写不出像样的作品？这也是我国的诗人为什么诗龄短，给人造成只有青年时代才是诗歌年龄的错误的传统认识。

5. 诗当然需要天才，诗歌几乎是所有艺术中最需要天才的一种。但若整天躺在天才的自得中，最终是写不出伟大的作品的。我们需要做的是把这种天才变成水源、养分，来灌溉和培养诗歌这棵娇嫩的树；我们必须天天这样小心、谦卑、刻苦地从事这份工作，只有这样，我们的诗歌之树才有可能结出无愧于我们天分的果实。这也是一个现代诗人必须经历的艰难过程，并且，这也是他生命的寄托与荣耀。

6. 只要是民族的，便是世界的，而且，越是民族的便越是世界的——前两年流行的这句话带有极大的欺蒙性。试想，印第安人、因纽特人，他们都是纯粹的"民族的"，但他们显然不是"世界的"和"时代的"，他们充其量是世界的一道风景，是这个世界的聊备一格。真正"世界的"是人，任何民族、任何国家，是这样一种人，正如马克思所说的："一滴眼泪在这个世界上任何一个角落掉下，整个世界和大地都会为它轰然鸣响。"一种同为人类的共同命运的敏感和共鸣的人，是这样一种生命内涵的人。

7. 诗歌的完成必须向着自己的内心深处。它像是一种引领、一列火车，它带着你观赏，它目的性不明确，它只是告诉，它只是倾诉与说话，你听到了这种告诉，你为这种说话所吸引，你走入了说话的内容之中，不知不觉地，你会发现，其实你已经加入了说话的行列，你并且可能已经在开始向它说话，通过它又向着自己的生命讲话。就这样，一首诗，才真正地完成了。

8. 历史在人的面前如果表现出相同的面貌，那就不是真正的历史。经过我们的努力，如果诗歌的历史也表现出相同的传统那就是我们的失败！我这里提出的是个性和风格，只有重视这一点，我们的历史才会丰富，我们的文学才会繁荣。

9. 一个现代诗人的宗教应该是他自己和他的诗歌。他小心虔敬地侍奉自己，是把自己视作一块土地。他更加虔敬地侍奉诗歌，是期望诗歌能长留在他的这块土地上。他自己遭遇的一切：政治、经济、宗教、情欲、际遇、梦想、挫折和悲痛，都化作了他自己这块土地的养分，他努力侍奉并始终期望着。这便是一个现代诗人应有的宗教。

开 篇 (节选)

对诸神我们太迟
对存在我们又太早。存在之诗
刚刚开篇，它是人。

——海德格尔

1. 最初
——死去的人在风中飘荡
正如我们在时间中奔走

在四季停止开花的地方，
一个人来到我面前
他带着正反两只手掌
他带着一枚游魂的徽章
他突然出现，穿着黑夜的布鞋
他吹拂我
他挤着我
他将我完整地挤到世界的手中

在世界的触摸下我衣饰丧尽

我离弃了故土、上天和父母

像一滴泪带着它自己的女人离开眼眶

它赤身裸体

面前只剩下一条侍从的路

我在为谁说话？时间在唤谁回家？

来到手边的酒浆是谁的生命？

鸟往空中飞，谁把好日子寄托在空中

将眼睛盯死在发光的门楣上？

大地向人们介绍着它那一个个国家

我踽踽向西，我说过的话

此刻被人们重复地说出

我鼓掌的鹰，现在又在被别人鼓掌

哪些是人？谁还在怜悯？

旋风在寻找谁的脸？

被流水带走的生命阴天又把它偷偷带回
满眼的技术，这些疯狂的欲火
他们都穿着爱情的服装

我不再生，也不再死亡
人们需要呼吸，人们需要战胜
但恰恰是空虚使他们生长
我不再生，也不再死亡
在四散的灰烬中我看见鲜花离开了四季

2. 惭愧

我深感惭愧我丰盛的衣饰。
我深感惭愧我高傲的双眼
我惭愧你居高峰之上
为了长啸
而长啸

我惭愧泪，我惭愧血

在深深的海底我惭愧我的波浪应风而起

我大笑，或者大哭

我大怒，或者大悲

我的衣服已经弄脏，我惭愧我战胜的双手

欲望在空中飞

光从天上来

我惭愧我的道路在你的手掌上越走越开阔

越无边，无穷无尽地深入远方的风景

在你的手掌上，欲望被欲望向高处煽起

死亡向死亡挺进

他不再诞生

也不再死亡

无主的风向四方吹，我的脸变成了

许多人的脸

我丰盛的衣饰也越来越脏，再难以洗净

在喧哗的人声中我再难以沉寂
再难以无言
众生在我的眼中观看，为活着而烦恼
我鼻中的空气是别人的空气

一张脸。或者
干净的心。
我需要我愧对最初的流水
我需要从骨头里深感惭愧——
在最上品的歌声中
我恰恰看见下品
最锋利的刀刃口我恰恰看见了迟钝

3. 说你们
——我将说遍你们的屈辱、光荣、尴尬、丑陋
我用大海的语言，钢铁的心
最后我说到了自己的眼睛

我用树，草来说你们

用林中的豹，大街上闪烁的双眼

我用过去的风与现在的钟表

这些短暂的灰烬，狂妄的燃烧中

属于圣地的金杯

我用尽了我的时间

火依然在眼中诞生，我依然

在你们步行的门外

石头发展石头，你起步走向你们

在风声与歌声同步升起时

舞蹈动摇了冬天的主人

你们只重视声带，那么

是谁在教我诉说？

在我的庭院，基石，手指的围护中

是谁动摇了我的种子？

我如果有心，我也不能向你们倾心

因为你们不是我，你也不是任何一片风
一个词
我如果有锁，我的手就是他的锈迹与归宿
我的话只能在附近的空气中说出
规定的天空下，醒悟又一次落入迷茫
又一次再一次被第一次繁衍
我被城市限制，被语言归类
出生的风暴指定了结局
面对时间自在的分析
在他的布局下
属于我的时间只剩下一滴水，仅仅是一滴水
为大海归档，被土地接收

在太阳下我启唇歌唱一种光，我只能歌唱光
这背后的，最后的
刀割的狂喜与波浪

我看见我周围的墙垣，城堡，海报

优雅的洒水车

穿在贫苦人身上坚挺的西装，这一个我

与无数的我

走入爱情，这便宜的防风帽

躲避在房屋内，他们也希望从时间中逃出

他们读书、遐想，在眼睫的堤坝上

向大海的更高处眺望

他们拼命使自己向自己逃离

他们在到处超越

但他们是人

腿短，命长，一堵墙他们就落入了叹息

4. 问

——问深扎的根。问乱走的云

问历代帝王临死的恐惧

我微笑地避开人类这一撮小小的灰尘

话中有话，正如花中有花
来到我手上的春天是最短暂的春天
难以抵达石头. 难以抵达大海
处身在黑夜与黎明的中间
处身在蜡烛恍惚的光辉下
你我将身体凑在一起
在裸露的冬天一起哼小调，写曲子
在圣诞的晚上我们读最低级的诗
谈飞鹰的哲学，浪漫的生命与蚂蚁的寿命
最珍贵的粮食与苍蝇的粮食

医生手中的钱与病人的疮痛，你我手上的春天
是最少价值的春天

宝塔是谁？太阳是谁？
神圣的光辉是谁的消遣？
沙漠的大笑，革命的狂喜

将好日子一一打发到路边

与垃圾为伴，与下层人为友

在焚烧的广场上是一缕轻烟

那么是谁要将磨难安置在门口？

宇宙间的事物，有哪一件不被人们所了解？

风暴的中心是寂静中的寂静

历史的追溯者永远是女人

大海曾经为存在而存在，现在大海消失

但出现过的季节必将再度出现

大海一样，包括太阳下的驿站，牌局

墓碑与哀歌

犹如挥起的马鞭下马车奔走

犹如坚石上打印记，唯有一种光荣

唯有一只手

唯有那位不能称作人的人

犹如逝去的哲学在闲暇中被想起
在腾挪的棋子间他推门出现——
那不能被称作人的人
在所有的人中他是最完整的人
真正的人恰恰在大地上不能被称作人

所以你我的脸只是一块蜡，生命是一场风
在夏天的活跃中我们最活跃
在冬天的冰冷中我们又最冰冷

5. 声音

——*应该有一种声音，在不是声音的地方*
他挺身显现

应该有一种声音，在不是声音的地方
他挺身显现
在手掌之外，在餐桌之上

在欣欣向荣的植物心中

应该有一种声音，在流水的地方他低声领唱

在第一滴雨中他高抬起双眼

应该有一把刀

使我们的空气看得更远

让我们重新看到隐蔽的鲜血，晶莹发亮的

坚硬的骨头

在倒塌的楼中我们看到建筑者的双手

在见底的油壶旁我们看到繁衍的秘密

从破裂的陶罐片，铜栅栏

从巨大的水缸中

应该有一种声音，在无用的翘望下

在没有光的地方

依稀的我们才开始认识光

火，大火才开始被我们鼓舞

他们在风中欢笑，舞蹈

隐隐的祭奠，遥远的美酒

祖上的日子再一次嘶鸣

应该有声音与钢刀一起向我们显现
在我们的生活中他重新下雨
他打哈，伸腿
挥剑杀人
在难以呼吸的山林中他酣然入睡
在难以迎接的风中
他的出现使风逃走

这样一种声音，在我们寻找的
单薄的手外
在幼稚绿叶的询问中
他说：
现在还是冰雹，现在还是飘蓬
现在的水
那失却脑浆的水

正一浪一浪地将我们掩埋

6. 深入

——大地使天空得到呼吸

但是谁？

我与你高歌的地方他撒下一串叹息

傍晚，当大雪将闲暇的时间填满，当又一阵风

吹在你我的体外

使无神的粮食又一次成熟

在众人的大街上，灯光将两边的黑暗照亮

生长或者死亡

我能否深入泥土？深入花？

通过水的道路

认清我十年来短暂的瞬间，好像批判

通过指责而认清了疯狂

在寂静的任命下

我再一次使笑容重新归家？

我曾经深入过最早的稻谷？人类手上的

第一粒火种？我是第一粒盐

使广泛的生活获得基础、道路、池塘

鸟儿在枝头夸耀它的羽毛

大地使天空得到呼吸

但是谁？谁的声音如迫近的鼓声

如紧张而又有序的时间

如精神上巨大的

飞跑的车轮

是谁？在不在的地方他永远存在

这位缺席的裁夺者，是谁？

我与你高歌的地方他撒下一串叹息

将欢乐的葡萄挂在你我悲痛的家中

谁？让我又一次站在岔路的手臂中

这位深刻的反对者

让爱情继续生长，或者
去死。
迅速让身体走近星星
走进一座宫殿的墓地

疑问在举手投足间见风就长，这是谁的力量？
因为谁
我再一次向你高声责问，而最高的责问
也恰恰是世界上最低的责问

7. 刀子
——所有纪念碑都顶着我的鞋底
风暴挤入我内心
我洁白的骨头向喊叫逼近

一把鲜明的刀子是另一种曙光，是另一种
弃我而去的语言

整整一个朝代，我跟踪一把刀子

在人类的鲜血与不可宽恕的圣殿之间

我填进了我的青春

我填进了被流水培养的童贞

我小心地用脚踩着我的土地，我不敢用力

因为战争在意外的弦上

因为祖先们唱歌在我的鞋底

他们指责我

他们将嘴唇撇在我的路边

他们的童贞曾经在山中传出鹰隼粗暴的呼啸

所以

所有纪念碑都顶着我的鞋底，风暴挤入我内心

整整二十年风暴占有我玻璃的双眼

我洁白的骨头向喊叫逼近

整整二十年

在温暖肉体的包裹下

需要一把刀

一把开锋的刀，我在大街上走

我绕过湖边的姑娘与白鹤

我心中敲着光明的小鼓

我心中挥舞着风暴的双手

我无视衣饰，食品，历史书籍中

崇高的传说

因为需要切割乱麻的魅力，因为涅槃

是天空的鼓舞

因为勇气是稀少的黄金，因为

黄金将我挤到了沙漠上

在风的永恒吹拂下

我变成了一把刀子

8. 故宫

——谁敢说自己
是群众和希望？

站在午门门口
谁敢说自己饱经沧桑？
谁敢说自己
是群众和希望？
风拉着灰尘在广场上跳舞
风指着广告在撇着嘴嘲笑

谁敢说生命比太阳更重？谁敢说
眼泪是钻石的父母？

站在午门的门口
我深思永恒与一叠废纸
我深思日历上撕下的骨灰

我长叹我脚踩的这块土地
我脚底下的祖宗都失去了喉咙
他们的眼睛是天上的星星
明亮却植根在黑夜的家中

最亮的启示
恰恰来自最低暗的触动

站在午门的门口
谁敢说自己高过了时间？
谁敢挺胸高歌
闭眼赞颂自己的胜利
轻轻躲开了大地的问候？
我买了门票
我跟着人走
正如我此刻跟着时间
我不敢大声

一辈子漫长莫测的前途
谁敢说自己硬得过石头？

跟着时间
我参观故宫
乾隆看了九分钟
慈禧才看了七分钟

12. 击鼓
——他的声音比黑夜更黑，比光更亮
比翠绿的橄榄枝更加迷人

是谁？是谁？是谁？
他敲着流水的小鼓，他敲着钢刀的锋刃
他敲着朋友那如纸的脸皮
是谁？是谁？是谁？
他敲着所有风中那最单薄的风

他敲着自己的双眼

他敲着天空的肋骨

在一面破鼓中他一敲再敲

他读书，或者撒尿

或者脚踩着云彩与冬天赛跑

他或者将自己的鲜血涂抹在太阳上

他或者哭

他或者笑

他或者在倾听中深入鸣蝉

他骑在高树上，他歌唱在油漆里

他的声音比黑夜更黑

比光更亮，比翠绿的橄榄枝更加迷人

是乞丐中的乞丐，政客中的政客

是两条大河中更宽的那条河

他敲着一片落叶中他腐烂的良心

他顺流而下，在时间中

在奔腾下

他敲着跌落的牙齿，敲着失掉的鞋

在姑娘的翘望中他比老人更老

在老人的回首中

他比幼孩更无知

更莽撞

是一场没有主人的斗争

在眨眼的瞬间他敲着瞬间中眨眼的永恒

激情或者风暴

战胜

或者死亡

是谁？是谁？是谁？

他向四面的空中频频击鼓！

13. 我遍尝风霜

——我为他的愤怒

感到泄气

他活着已经是一副重担

他还要加上更重的负担

自从初夏在石碑上站住脚，我和他便开始遍尝风霜

每一次远离，车站与度假

惊醒的电话，信，和一切亲切的笑容

在翻手的天空下

风暴与风暴连在一起，但是我和他

难以分开

他和死去的人一起讨论活着的意义

他或者站起身

在新鲜的太阳下指责一筐变质的带鱼

我为他的愤怒

感到泄气

他活着已经是一副重担，他还要加上更重的负担

他穿行在火焰中，他两眼射出纯粹的黄金

他喜悦时手捧着鲜红的苹果

谁在吃苹果？
苹果一旦离开枝头
它就将落入人类的命运

这样，我不得不再一次寻找发芽，我生的欲望
烈火的大笑与水中的拯救
为了他美好的双眼
我沉寂
无语
自从初夏在石碑上站住脚，天空不再说话
他藏起了喉咙
他将他的大门朝我们关闭
走下去
这种磨难，带着磨难的心，走进宝塔
苍鹰的爪，大海与篷帆
一次次远离与团聚，梦想
和半夜停电前最后一盏坚持的孤灯

走下去，一点点流露出他的感情

好像眼中射出的黄金

既然他与我已经落入历史的手中

在他斑驳的墙上

只能走下去，从墙中走出

被一扇门关闭只能试着走另一道门

但是地点与终结，是谁?

是谁呢?

将丧钟敲响着

将无尽的空白预先刻满在最高的墓志铭上?

14. 石碑上的姓名

石碑上刻着字，你在哪里?

你的手是肉

你的泪是水

你向风赞颂的歌

风早已将它吹入泥土

你站在碑前看

你靠着碑文想

你的一生是鞋子的一生

是世界安排的路，是世界制成的鞋

在世界的梦想中你走到了尽头

你依恋，你回首

已经没有边缘，可到处都是边缘

已经没有了生长，可到处都是生长

石匠在刻你的碑

石匠在刻你的字

你的姓名在石头上看你

你在战胜在碑文里送你

你缓缓起飞，你到底在哪里？

那人们最为畏怯的生命

你却在心中默默地赞美

你观察你的手
你分析你的泪
你将唱过的歌曲一唱再唱
你难以离开，你难以忍受
但永恒的是轻风，永恒的
是四季
在世界的尽头鸟从来不飞
在世界的尽头我没有消息

20. 漫游

我身上落下了该落的叶子。我手下长出了该长的语言
我歌唱
或者沉思
我漫游，或者在梦境中将现实记述
我已经起飞
但飞翔得还不够

我低下头
我在褐色的泥土中将水分清洗

钟声不响，我的歌声不亮
正如一轮太阳使夜晚向往
我跟着一只鸟，我观察一群鹰
我在过去的传说中展开了翅膀

是告诉你的时候，我在说着故事
是繁盛的开端，我在倾听着寂静
好像是一种光
我在光中回想
在最大的风中我轻轻启动着双唇
没有字
没有让你领悟的通道
已经落下了叶子，但落得还不够
在应该生长的地方

我的飞翔在飞翔中静止。

25. 允许

——允许我的思想开始流动，接受风
接受你内心善良的大雨

允许我的精神在风中坚定，在歌中胜利
在最小的石块中说起永恒
允许我在树中生根
在广大的荒漠中我寻找到水分
允许我第一口喝下这神圣的露珠
你双垂的眼帘
允许我走过你的膝前，像一个人
身上是坚硬的白骨头与
太阳上笔直流下来的血
允许我飞过你的门楣，堂前
如夜晚的流萤

因为你我发光

我展翅

在你的时间中我得以进食

允许我的思想开始流动，接受风

接受你内心善良的大雨

让我光辉，让我脆弱的双脚

抬头升起来

在众星之中让我从你得到喜悦，欢笑

最美丽的女子

与河流碧蓝的大腿

让我生下的孩子使我宽心

幸福绕膝

与悠长的回忆

让乐观像黄金一样被我领受

从你智慧的大手中

让我在无家的人群中得到一个家

得到一把开你的钥匙

并且允许我随意地出走，碰壁
直到在浪费的血中再度将你认出
像衰弱的草再度认清阳光
允许我向上站起
像虎一样生长
允许我的双眼色彩斑斓

在我的死亡中你永远不死
因为我的逝去你再度扩宽了永恒

龚学敏的诗

龚学敏　1965 年 5 月生于四川省阿坝藏族羌族自治州九寨沟县。1987 年开始发表诗作。1995 年春天，沿中央红军长征路线从江西瑞金到陕西延安进行实地考察并创作长诗《长征》。已出版诗集《九寨蓝》《紫禁城》《纸葵》等。《星星》诗刊主编，四川省作协副主席。

一点想法

　　我认为没有一位优秀的诗人拥有精准的诗观，因为，这么多年了，我们依旧没有给"诗"这个简单的汉字一个大家都认可的解释。

　　这是一个太阳从手机中升起的时代，这是一个新的一天从手机开始的时代。从农耕文明的"日出而作，日落而息"到现在的互联网时代，人类正经历着最深刻的变化。三十多年前，吃饱肚子的日子刚刚来临时，只读过几年书的老父亲总是给我念叨再也吃不到他小时候家乡最丰盛的，只有那些有钱的大户人家才吃得起的干菜席了。时间慢慢走，慢慢改变人们的观念。现在一想，已经很多年没有听他再提起过干菜席了。我也没问过他现在吃的这些食物，如不如他小时候吃过的干菜席。其实不再提，就是对现在的认可。对现在的认可，某种程度上就是对新食材的出现、新佐料的出现、新的烹饪方式的出现等新事物的认可。

　　"新诗"这个词所用的"新"字，除了一百年前对应于旧体诗而言，有着根本的不同，还有一点，会不会从它诞生之时起，就在不断地改造自己，较之过去，未来才是新，于是，新诗就这样不断地革自己的命，不断地向前，不断地寻找诗歌中的新。一切没有新的诗，不管它的形式如何，都不能叫作新诗。与饮食一样，新诗也需要新的食材、新的作料、新的烹饪方法，等等。

社会分工越来越精细，文学与诗歌也会如此，现在我们提及的新诗某种程度上已经与歌渐渐分开。新的一天从手机开始的时代，新诗是什么？人类对外部世界的认知范围不断在扩大，这些崭新的认知回过来又在不断对人类的情感世界产生影响。新诗作为一种人类认识世界和自己的工具，现在能够给我们带来什么样的成果，甚至能够把我们带到什么地方，或者，人类的文明用诗歌可以抵达什么样的高度？

一个写诗的人的新的一天必然是从诗歌开始的，打开微信朋友圈，写诗的朋友不管什么时候都在上传新写下的作品，这些信息不断的刺激要持续到夜里关手机时。这种刺激正在把人类利用诗歌对外部世界的探寻方式趋于一致，从而导致写作方式，或者写作结果的同质化。这种同质化是这个时代的一拥而上，这个不重要。最致命的反倒是在同质化的大趋势中，每一个写诗的人都认为自己的作品是有辨析度的，当然，这也不怪写诗的人，要怪我们身处的这个时代。

正因为我们身处的这个时代给了我们无限的可能，也就给了诗歌无限的可能。我们无法预测诗歌在未来的人类世界中处于什么样的地位，但是，人类情感与外部世界的联系会因为诗歌显得更有意义，更能够回答"人类从哪里来，到哪里去，我是谁"的终极问题。我认为诗歌一直以来，就在做这件事。

黄忠路

黄忠墓、黄忠祠位于成都西门，修路，毁于1965年。墓本有异义，祠再建未尝不可。

——题记

车载台的三国，像街上拖着的大刀，
把游客逼进街名线装的破损处。

汉升的句号，被装载机碾压开来，
薄到世故的斑马线上。
楼盘高于烽火，
单车的匕首，在羊肉汤中，
寻不见敌手。
年迈的兵器们，
聚集在蜀汉路出城的红灯中。

汽车的苦肉计在街上离间月光，
女人贩卖投降的豆腐。

铅笔中的旧人用乌鸦作假，
坝坝茶，
给三国的失效期照明。

川剧被暗箭中伤，演义的扮相，
正在回锅。
高于蜀的麻雀在腔调边上饮水，
唱本中的国土被红灯瓦解，弦一松，
汽车的箭纷纷逃亡。

庶出的公交车，给汉升戴孝，
在地图上哭完油，
停在黄忠的名字上过夜，秋风一紧，
像是守陵的暗哨。

九眼桥

车辆在时间中搅局。粮食穿过报纸，
用陈年的新闻洗澡。
白鹭的鸣叫遍布胰子，
被荧光，挂在暗地。

雾在结婚证的颜色上开出花来，
一群鳝鱼从桥孔送亲，
一群鳝鱼从桥孔迎亲，
钢印嫁出的水，用肥硕的棉衣，
隐蔽汽车的虱子。

鲤鱼的护照涂满各类金属的关文，
一人一关，尿素让民谣伪装的假肢，
茁壮。

狐狸的视频，一眼一眼地逼真，
庙宇在水上漂，

水的筋道，被菜谱中的油腻一箭射中。

酒吧们睁开眼来，
妹儿成都在啤水的河上一晃，一晃，
直到日子花完。

天府广场遇雨

灵魂有没有性别？往来的钢铁，
用塑料
拷问雨中残喘的空气。

现实的锅盔一步步演变，馅被
招牌上军屯的牛哞，逼成谎话。

石兽在雨制的口号中调整步伐，
恐惧症躺在草坪上，回忆
橄榄树，和公交车满载的怯懦。

撑伞的灵魂像是生锈的针。

旧地图上磨刀的书店，
把姓氏擦亮。那么多想要捡起自己的
雨呀，不停地抽走天空乌云的纸币。

风被大地磨得比人心还锋利，
地名成为疤痕，
远处植树的青铜，正在流水线上，
生产历史。

自贡尖山湖

迎面而来的水，
未必能够成为春天。桃花是一种暗器，
一撒出去，
鱼说的话就滋润起来，
像是恋爱中渐渐丰盈的空气。

春天其实很简单，
就是在自贡，给尖山加一点盐而已，
一种叫作桃花的盐。

然后，那些中了暗器的人，
也就成了春天的桃花。

米易撒莲的山冈上

在撒莲的山冈上。羊子散漫，是仙人们说出的话语。
身着春天的女人，会巫术，怀揣要命的梨花帖。

须是上午。我用花白长发中发芽的阳光，勾画山色。
朝代依次铺开，我却不在。
梨花们沿山势，长成三国的缟素，有诸葛的唱腔。
偶尔节俭的桃花是给我执扇的女人，在现时，
弱不禁风。我唯一的转世，是撒莲的山冈上，
中了梨花蛊的孤王。

哪一个春天是我救命的解药？那送药的女子，
想必是上好的药引。

在撒莲的山冈上。拖拉机在山谷里冒着骨朵。
梨花从最隐秘的手势中分娩出可以用来安身立命的村寨。

谁在喊孤王？
在撒莲的山冈上，一支开满梨花的箭已经到了我的生前。

罗江庞统祠

在落凤坡。一支箭钉在白马没有跃过的，
空隙。蜀字在枯了的柏树上喘气，用手工，
想象一些天气的源头。
罗江大义，伸手接住线装的三国中，
那页散落的雏凤。

献计的石头，用霸业的苔藓与我耳语：
乌鸦是旷野唯一真实的名字。

我把诡秘的石头筑成房屋，在窗棂上拴马。
屋外是涂着胭脂的白马，只一笔，
成都从此不更名。
屋内是狡诈的粮草，用水说谎，
用江山的药壮阳。

其实，射落在坡下的是一句话。
庞统兄，我纵是话家，也不敢言语了。

在落凤坡，杂草在没有凤的新书中疯长，
汉柏死在朝天空走去的路上。

有人用豢养的竹子写字。肥硕的乌鸦，
把藤蔓伸进了演义。

庞统兄，落了也罢，
因为三国的电影，义字早已落荒，
从此，再不演义了。

梓潼七曲山大庙文昌星祖庭遇雨

想要成为星宿的人，掉下来，
成了雨滴。

在梓潼，拖拉机的白发与天空隔壁，
古柏的古字空洞，
我把雨滴码成古字的邻居，天旱时，
请他们从纸里出来，走走。

种下的书用雨滴的耳朵穿墙，
柏，把一个朝代写得没落，
再把人心写偏一点，与古字不重。

乌鸦边抽烟，边清洁人们说话的路线，
把柏油路卷成轴。
汽车喇叭声的农药，假装给历史除病害，
壮胆。

雨落得越多，淋得柏的身子越沉，
人们越是够不着星宿。

内江梅家山成渝铁路筑路民工纪念堂

青石上发芽的句子，长成最春天的
一瓣铁路。

从成都到重庆，最后一段铁轨
铺在内江，
一朵叫作民工纪念堂的梅花上。

照片的火车，黑白的年龄兑换成，煤
的重量，和姓氏。

汽笛把天空的虚空塞满，麻雀
如同纸片，绘满工业时代的门楣，
直到这些名字的石子，
踏实，像是没来过。又如是朝阳。

1953 年的十万粒石子，团结成
一棵石头的树。

沱江毛体的水写字，
一棵钢铁的树正在引领煤，铁，
米，盐，和糖生长。

民工十万次走过梅花，
春天已然，
纪念堂只需在梅家山纪念自己便是。

在眉山三苏祠写两茫茫

一个翻新的词，把月亮系在汽车
水做的轰鸣中。
满月的字，从书写黄荆的正午熟透，
拿睡眠的羽毛饮酒，
伏在地名们两茫茫的铁轨上。

与玻璃说话的茶，把时间晾在
草书的钟声里。
纸扇，一律姓东坡，
把风吹出来的女人印在透明的书中，
让熬过的夜景仰。

天空蓝色相机的荔枝，
用飞翔的胭脂红泡制，
给诗词们救命的
手术刀。

让竹林长乱的我，用说出的话食肉，
在火锅中搭建遗失的笔画。

被晒宽的街上，
三棵贩卖布匹的银杏，把打成捆
的阳光，装进摆渡车营利的啤酒。
一枚洗过的字，坐在书的封底，
看着他的情人，
正在用月光，制作千里远的
东坡酱。

通江银耳博物馆

露生耳。把一支飘浮的曲子用节气聚拢来。
在通江，耳朵让女人的眼睛噙着，一落泪，
雾被洞穿，唯有倾听而已。回声在天空中，
把清晨又清晨了一次。

把银圆洞穿的耳朵，在天上飘着漂白的字。
用栎木的字典订购清朝，
玻璃的小辫一撩，耳朵与花朵只是一字之遥，
不管我青冈木上写出的山水。
坐在银耳旁边，风一颤，我的怜惜就多几许。

谁听走了孤独，又把它埋在了哪一棵树上？
还要用谁的名字重生？

在通江。人是江上漂着的耳朵，
听天掉在水上的干净。
我木桨的耳朵听见了一切。

露生耳。我身后的曲子走得慢，一颤，
成了露。
我身后的通江走得慢，女人们一颤，
便成了字典里的雾，
慢慢地氤氲，把陈年的身世凝成了露。
我走慢些，等着清朝的女人和我一般大，
教我识银耳，白颜色的汉字。

雅安上里古镇

韩家银子、杨家顶子、陈家谷子、张家锭子、许家女子。

——上里民谣

让词典中的茶和马一样隐秘。平水桥的
月光被标语的土地摊开。
雅鱼在铺板上，用油漆，
繁殖手绘的地图。

买来的开阔被枫杨拴在韩宅的眼神中，
买来的解说词，像是定制的银子，
背一遍，薄一点，
让汽车睡在经济稻草的下面。

官印风干成大门腊肉一样挂着的匾。
烧红的字锻打的顶子，
戴在驿站姓杨的平安处。县志中的茶叶，
刀枪不入。

陈家田中谷子的鸟鸣，叫作陈年，
酿酒，酿斯文，酿张家的皮坨子。①

许家的水被马噙成茶，上至天蓝处，
为云。下到雅安，淋透一城的妩媚。

写生的客栈走到最后。二仙桥，
把马甲披在神仙身上，
此生和彼岸，只是一枚茶纽扣的，
两种系法。

---

① 拳头，四川方言俗称锭子、皮坨子。

在蒙顶山天盖寺喝盖碗茶

皇帝转世成一个地名，县志便是国书。
茶叶把民风写得甘露，一泡，
春来。再泡，狼烟成为集市。
三泡之后，万物寂静，在雅字中生津。

在蒙顶天盖寺，盖碗茶里的春眠，
被妃子的露，沾在银杏树上。
皇园已无主，有水的地方，
便是茶的天下。

叫作雅女的雨，贴在茶歌的淡处，
是明前的乳名。

鱼，用茶叶拨开尘世，用毫，
在陈年的盏中讲经，
直到淡成水天一色，朝来路一泼，
来路，便成露了。

随皇帝转世的雨，把雾的丝袍，
披在茶人来生的名字上。

在蒙顶，皇帝隐没在茶树上的鸟鸣，
被雅女一炒，江水平和，
茶走过的路
一概清静。

在理塘长青春科尔寺的广场上

绿乌鸦退得很远，缺氧的石板，
是辩经时输掉的贝叶，
一天天地饮水。

一滴落在广场中央的雨，
像是摁住欲望的手指。
众神在群山之巅稀薄国道上的空气，
一头牦牛，因没有给女人指路，
终生不得生育。

铜在香格里拉的读音中预言铁鸟，
法号的扫帚越来越薄，人不绝呵，
铜在低处，
成为新的尘埃。

在长青春科尔寺，说出的话，
须用银鞘。

望出去的每一段目光，要报应回来，
像是湿透的乌鸦的叫声，
传不远，
也回不了头。

理塘县城仁康古街……

不往别处去了，
只看一眼美丽的理塘……
——仓央嘉措

那时，群山祥和，适宜预言云朵的栖居。
经筒里萌发耳朵，
万物皆为谛听，人心轻至一羽，
大地只生长大地。

大地的寝宫，在檀香木中安详七次，
楼梯们依次飞翔，直到，
牝马成为霜做的影子，
暗示，来世一种叫汽车的快虫。

风，遇见一个念头，便把念头孵成
另一个风，
去见一个新的遇见。

杨树退守的智慧，让车马，
先行坠落。
在仁康古街，一棵杨树正对的哲学，
被仙鹤的银针，一次次缝牢在地上。

经筒的皮肤在奔跑，
天空已空，
大地率领我们飞翔。

理塘无量河国家湿地公园

石头率领新的石头，
狼群扑向天空，
新鲜的路已经抵达苍穹了。

人世也就一眼，整条河像是余生，
不停地聚拢自己，
直到，老迈成另外一条河的名字。
一只仙鹤，把影子长成水草，
披在藏歌的身上。
寺庙在召唤那些走散的声音。

牦牛的觉悟，沿着颂过经的水，
引领草说话的时间。
风硕大的枝上，
遍布咒语，纸桥，和花朵的酥油，
人开出的花朵们，看见的字，
是牦牛的王。

天空苍凉，
大地拄着无量河的拐杖，
慢慢老去。

九寨殇

我只是爱着那死去的一点点。
　　　　　　——题记

菩萨们用天鹅排开的盛宴，撒落在
松针刺破大地时，发出的哀鸣中。

松鼠在天上失眠。一棵树的神经，
洗了又洗，直到藏袍嘶哑，
大地的灯芯，
空洞成一张纸写不上去的灰烬。

菩萨说，死去的水，和将要出生的水，
是你们的亲人，
你们的足迹要痛。

遗下名字的神，诺日朗。风把噙在
牦牛嘴里的魄吹散，

青稞们苟且，怀孕的田野被葬礼
撒在行将死去的飞翔中。

长在地上的经幡，
把她们结下的粮食用马驮到了天上。

海子的肺沿着雨滴一点点地回去，
天空把蓝装殓在初秋的铁匣中，
生锈，直到大海干涸。
菩萨说，你要在那一天，
用蓝铺天的遗体，哭出声来。

失去名分的水，被霜剪成碎片，
遗弃在羊皮辞典的围栏外面。
红叶不敢末途，
让芦苇们挤在一起的绝版，哭成，
一句话。一掉，便再也捡不起来。

黑颈鹤用割断的唳，
抹去人、酥油、房屋、月光和森林，
水露出大地黑色的底牌。

鱼死去的口型，保持恐惧。
鱼用寺庙中的海螺，替代自己念经。

火花海。菩萨说，把她的油灯吹了，
睡觉。记着，要把火花，种在人心
还可以发芽的大地上。

泸沽湖

蓝蜻蜓，系在水最柔的腰带上。
月光滴出的独木舟，躲进鸥
翅膀的书中。海菜花用冬天伸出手
遇见神仙。

所有盐的源头都指向一尾名叫
泸沽的裂腹鱼。
制作笛子的一抹月色，在篝火中
绣花、织腰带，把手心攥成一枚，
黄昏走动的女字。

在泸沽湖。洋芋和山羊是饱满的阳光，
阻挠低处的草，和花朵绽开的收割机。

一群飞翔的字被山歌的酒赶下山去。
一枚落单，被风吹散，
笔画漂在湖上，用比凄凉

还凉的白裙，被我爱怜。

在泸沽湖，鱼不敢说出独木舟的性别，
满湖的蓝无处栖身，拴在
一张比水还薄的
纸面上。